透明色
北极熊

[日]
伊坂幸太郎
石田衣良
市川拓司
中田永一
中村航
本多孝好

—— 著

连子心 —— 译

江苏凤凰文艺出版社
JIANGSU PHOENIX LITERATURE AND
ART PUBLISHING

目录

透明色北极熊

伊坂幸太郎

伊坂幸太郎

1971年出生于千叶县。毕业于日本东北大学法学系。2000年以《奥杜邦的祈祷》获第5届新潮推理俱乐部奖,成为职业作家。2003年,《重力小丑》入围直木奖,并和《阳光劫匪倒转地球》一起入选"这本推理小说了不起!"的前10名,吸引了更多关注。2004年,《家鸭与野鸭的投币式寄物柜》获第25届吉川英治文学新人奖,《死神的精确度》获第57届日本推理作家协会奖(短篇部门)。著有《死神的精确度》《魔王》《沙漠》《末日的愚者》《阳光劫匪日常与袭击》《一首朋克救地球》等。

1

八月，我再次见到了富樫。在动物园里重逢似乎有什么特别的意义，不过若是在动物园的爬行动物馆，恐怕就没有意义了吧。

爬行动物馆一年四季充斥着温暖的空气，变色龙和乌龟的饲养箱并排陈列在墙边。地板似乎也滑溜溜的，大概是我的错觉。我站在馆中央巨大的青蛙饲养箱前，身旁的千穗嘟着嘴巴抗议道："不管怎么想，青蛙都不算是爬行动物吧！"我"嗯、嗯"地附和着，实际上却是左耳朵进右耳朵出，心不在焉。就在这时，我注意到了从入口刚走进来的男子。

看上去很像富樫，我瞬间想。最后一次见富樫是在我上高二的时候，如今我二十二岁，也就是说我们有五年没见了。那么富樫现在多大？——正当我要计算时，突然意识到没必要这样麻烦。富樫与我姐姐同岁，大我四岁，因此他现在二十六岁。

"你看，青蛙出现在爬行动物馆，很奇怪吧？"千穗的性格是凡事都要求个规则和秩序，比如看到胡萝卜被归为黄绿色蔬菜，就会烦躁地说："那既不是黄色也不是绿色吧。"然后一脸无法认同的表情，再用手指戳戳我的侧腹。无奈之下，我只好回应道："这只青蛙看着我们时，也一定在说'人类不是爬行动物吧，为什么会在这里？'之类的话。"

然后，我又想起了几天前在公司听说的一件事。"我听公司的前辈说……"我刚说到一半，千穗马上打断道："反正又是那些鸡毛蒜皮的无聊事，我可不想听。"

"什么嘛！"我说罢，立即就明白了。这时，千穗说了一句"我说过不想听你工作的事"，之后移开了视线。

大约半个月前，我九月起将被调往关西分店的调令下来了。我们住在东北，若是调往东京还可以接受，可是调到更西边的神户，那可就远了。千穗在本地工作，这样下去，不知期限的异地恋就会横亘在我们之间。这半个月来，我们重复着诸如"怎么办？""没办法。""以后会怎么样？"的对话……我们交往了两年，这两年说长不长，说短不短，反而让事情变得复杂起来。

"总之，今天就忘记工作的事吧！"千穗握紧了拳头，高声宣言。

"好的。"我说罢，又向前看去。就在这时，那个很像富樫的男子面朝我举起手来。

"啊！优树！"

"果然是你。"我说道，"好久不见。"

　　"几年没见了？"

　　"五年。"我脱口而出，随即又解释道，"我刚计算过。"
富樫反问道："计算？"他的样子看上去没什么变化，短发宽鼻，
身体细长，胳膊更是不可思议的长。他绝对谈不上长相英俊，
却有着独特的个人魅力。时隔五年，如今富樫身边站着一位高
个儿女子。从她挽着富樫胳膊的动作来看——用千穗的话说，
女人挽着男人的胳膊不是为了撒娇，而是为了取暖——总之，
从那个动作来看，他们是恋人。

　　"富樫是谁来着？"千穗凑近我耳边小声问道。

　　"我姐姐的男朋友。"我低声道，又加上了一句，"前男友。
对了，他也不是爬行动物哦。"

2

　　人和人之间的关系多种多样，有朋友、恋人、亲戚、师生……
如果让我来说，"弟弟和姐姐的男朋友"这种关系是最不稳定
的关系之一。

　　归根结底，弟弟和妹妹的角色大多是由聪明且善于忍耐的
人来担任的，姐姐有了恋人之后，就要努力和她的男朋友搞好
关系。我就是这样的。

当姐姐的男朋友说着"这个给你"并递给我一本漫画书时，我即使拥有全集，也会说"我一直好想看这本书啊"，并向他表达感谢。如果他若无其事地，不，倒也不是，若他问我"你姐姐的前男友是个什么样的人"，我还要谎称"姐姐这是第一次带男朋友回来"来取悦他。一旦姐姐和男朋友的关系有了波动，我还会祈祷"请保佑他们发展顺利"……

然而，我的愿望总是落空。姐姐总是会和男朋友分手，接着我和他们之间的交情就会一笔勾销，再也不会见面。从朋友变成陌生人，有时甚至连陌生人都不如，而是想要敬而远之的人。

我姐姐前前后后有过十个男朋友，考虑到我不一定见过她所有的交往对象，因此推测总人数不止十个。总之，最后我跟他们的友谊都没能持续下去。他们应该忘记我了吧，即使忘不了也是想要遗忘的吧。

无论关系多么亲密，一旦分手就是永别。我十几岁时感触最深的恐怕就是这一点了。

不过，我现在依然记得他们。若让我从中举出几个印象深刻的人，也是可以的。

譬如，姐姐的第一任男朋友是她上初二时的同班同学。黑发，聪明，跟漫画人物似的，总是把"氢氦锂铍硼"的化学元素周期表口诀挂在嘴边，因此我对他印象深刻。话说回来，我总是把"元素符号"读成"元祖符号"，还满心期待着会不会有"正宗符号"呢。姐姐与他分手的第二天，留下一句"为了重生，我要出门一趟"，便独自乘电车去了福岛县的会津磐梯山。虽然我和父母都不知道她为何要去那里，不过对当时才十几岁的姐姐来说，一天之内往返磐梯山估计已经是她能力的极限了。她买了当地特产——白虎队①的白虎刀回来，在家里挥来舞去，敲我的头玩儿。

姐姐上高二时的男朋友是一个立志当音乐家的无业青年。他样貌不错，鹰钩鼻，穿着打扮不怎么招人喜欢，还很自我陶醉，每次来我家都会弹吉他。他最喜欢披头士的一首名叫"亲爱的什么"的曲子，里面有一句歌词是"天空湛蓝，太阳高照"，以诗化的语言讴歌自然之景，美丽动人。他边唱边娴熟地弹着吉他。每次见面，他都会让我听披头士。我原本想听《艾比路》这张专辑，他却说："不行不行，这张得留到最后听。"总之，他的执着让人摸不着头脑。

似乎是姐姐提出分手的。"你相信他会劈腿吗？"听了姐姐的话，当时的我联想到了"你相信神明吗？""你相信他会劈腿吗？

分手两周后，姐姐留下一句"我去去就回"，请了假，独

---

① 一八六八年日本戊辰战争之际，会津藩组织的由十六七岁的少年武士组成的军队。

自去了东京。父母非常生气，我也担心极了。第二天，她平安回家，还津津有味地吃着从那儿买来的葛饼。

姐姐大二时的男朋友是个调酒师。据说他还会变魔术，所以很招人喜欢——似乎是这样的。因为这番话出自他本人之口，很值得怀疑，而且他的言谈举止总带着表演的成分。"我从没像这样喜欢过一个人。"姐姐日日躁动，像是被爱情冲昏了头脑。我期待他们能顺利发展下去，可终究还是在交往了三个月后分手了。正如变魔术有诀窍，他们分手应该也不是毫无缘由。然而，他们刚分手，我就看到他和一位美女开着车在街上奔驰。"原来如此。"我记得当时在心里如此感叹，"原来是这样，真是悲哀。"

那段时间，姐姐十分阴郁，在房间里闭门不出。暑假时去国外旅行了两周，我记得是巴厘岛及其周边岛屿。她回国后总是学着跳卡恰舞，嘴里不停念着"卡恰卡恰"，我烦得要命，却拿她没办法。

"姐姐，你为什么一分手就要去旅行呢？"我问过她。不仅如此，她旅行的目的地也越来越远。

姐姐听了，一脸冷漠地否定道："没有啊。"之后，我就没有再问过了。总而言之，她自己大概也不明白。

说到富樫，他是姐姐的最后一任男朋友。据我所知，所有人中他与姐姐交往的时间最长，也是我最有好感的一个。

"你看上去比以前成熟多了。"富樫走过来，高兴地对我说。

"因为五年没见了。"这是理所当然的。

"你还在上学？"

"毕业了，现在在一家燃气具公司上班。你呢？"

"我也在上班。"他的回答含糊其词，大概是想保持低调。他的工作一定很厉害，我马上就明白过来。虽然我也不清楚"厉害"的定义，只是有这番猜测。富樫接着向我介绍了他身旁的长腿女子："这是芽衣子。"

"你好。"我向她致意道。就在我犹豫着该如何向她解释我和富樫的关系时，她率先开口道："你是优树弟弟吧！"她说着，露出了洁白整齐的牙齿。

她既然说到了"弟弟"，那么一定知道我姐姐。我应了一声，虽然还是有些迷惑。

"你也介绍一下我嘛！"千穗听了，拉着我的袖子说。她一定是敏感地察觉到了只有自己落单，于是噌地向前一步，自报家门："我叫千穗，是优树的女朋友。"千穗略显强势，不过我倒不讨厌。

"在约会啊？"富樫眯起眼说。

"是啊。"千穗应着，挽起了我的右臂。难道是为了取暖？明明是夏天……

"你们也在约会吗？"

"嗯，算是吧。"富樫说着，看向了芽衣子。他看上去比五年前成熟多了，虽然这是再正常不过的事。

"我们是来看白熊的。"芽衣子说。

"哦。"我勉强附和着，情绪复杂起来。对我和富樫来说，名叫白熊的哺乳动物有着特别的意义。

3

白熊、北极熊、冰熊……似乎有好几种叫法。总之，这种往来于北极和加拿大之间的白色肉食动物虽然严格来说不是白色的，却跟我和富樫很有渊源。

如果要问原因，也很简单，姐姐很喜欢白熊。

不，远远不止是"喜欢"。

我不记得姐姐从什么时候开始对白熊产生兴趣的。只记得，在富樫第一次来我们家时，也就是六年前，姐姐就已经很喜欢白熊了。她常说："世界上还有比它更可爱的动物吗？"我和富樫烦透了。"可爱吧？是吧？是吧？"我们越是不感兴趣，她的"是吧"就越多。

她看到的白熊自然都来自电视、照片或者动物园，仅此而已。看到白熊慢吞吞走路的照片，还有啃食海豹之后满嘴满身都是血的照片，她就会说"好可爱"，像是被征服了。

"可爱？"我有时会提出异议。我指着电视机，认真地问："吞食海豹满身是血，这么残暴的熊到底哪里可爱？！"

姐姐听了会说："这有什么不好吗？"

我们走出爬行动物馆，顺路去看大象和亚洲黑熊。猴山旁边就是小熊猫，可爱极了，可惜被关在了笼子里。我记得以前没有笼子，或许是因为有人曾试图将小熊猫抱走。接着，我们到达了猛兽区。

下午五点已过，天还亮着。平时五点闭园，不过夏季例外。晚上要举办活动，因此完全没有要闭园的迹象。不仅如此，游客还在不断涌入。我和千穗并不讨厌富樫和芽衣子，于是四人一起行动。如果只有千穗我们俩，虽然不会说出口，但是九月起我被调去神户一事一定会重重压在我们心上。因此，我很感激能与富樫他们一同行动，千穗似乎也是。

"猛兽的分类也很模糊。"芽衣子指着"猛兽园"的牌子说。

"猛兽的猛是什么意思？"千穗突然问。

"不就是字面意思吗？"我回答。

"字面是什么意思？猛，指速度猛烈、了不起，是吧？"千穗一脸认真地说。

"了不起？"

"了不起的野兽，或者说厉害的野兽。你觉得呢？"

我随声附和着，虽然并不这么认为，但看到高兴地说着"了不起的野兽"时可爱的千穗，我还是表示了赞同。

"了不起的野兽，有意思。"芽衣子点头笑道，眼角挤出了皱纹。

我看向一旁的富樫的侧脸，只见他正直勾勾地盯着"猛兽园"的招牌。

白熊的水槽位于穴状道路的尽头。一整面墙都设计成水槽，让人能近距离观看纵身跳水的北极熊。水槽里侧有一块陆地，远远望去能看到北极熊在上面慢悠悠地走来走去。突然，它们停下脚步，扬起鼻子，像探测器一样。

北极熊的名字让人误以为它们只生活在北极，实际上只有在大海结冰的冬天，它们才在北极，其余时间都在加拿大。随着冬天的临近，哈德逊湾开始结冰，白熊们就会聚集到加拿大丘吉尔镇，冬天向北极移动，捕食海豹——似乎是这样的。

姐姐说，北极熊探出鼻子是为了搜寻爱吃的海豹的气味，那么同一动物园里的海豹恐怕会胆战心惊吧。

"好可爱。"千穗贴在玻璃窗上向内望去，"不厌其烦地走来走去，真像傻瓜。"

我们站在那里，盯着白熊看了一会儿。我们才是不厌其烦地盯着看的傻瓜。其间，白熊慢吞吞地向我们走来，突然又潜入水中，水花伴着激烈的水声溅了起来，打湿了玻璃窗。白熊吐出一串气泡，沉了下去，接着出现在我们面前的玻璃窗内。

"像溺尸。"千穗咯咯笑着。"真的！好大啊！"芽衣子也笑着说，"巨大的溺尸。"

"了不起的溺尸。"千穗又说，"白色的溺尸。"

我和富樫面面相觑，差点儿说出"不是白色"。

白熊看上去是白色的，实际上却不是白色——这也是从姐姐那里听来的。白熊的毛像光导纤维一样是中空的，准确地说，是透明的。

"真的？可是看上去是白色啊！"——那是因为光的反射让它看上去成了白色，有时还会反射黄色、黑色或其他颜色，实际上是透明的。真相如何我不知道，估计富樫也不知道。

就在我们盯着白熊看时，它明明不是突然得了空，竟开始玩起了浮在水面上的大球。它似乎想抱着大球潜入水中，然而受制于大球的浮力没能成功。大球从它的两臂间滑出，像抛出的铅球一样从水面弹了出去。白熊似乎仍不死心，再次将大球抱入怀中，企图沉入水里。然而，大球再次弹出……就这样重复了数次。

"不厌其烦地重复同样的动作。"千穗说罢，芽衣子点头附和道："是啊。"我悄悄看了富樫几眼，每一次都看到他正望着芽衣子。

4

"我觉得白熊身上有一股温柔的力量。"千穗感慨地说。我们在动物园里转了一圈，来到了园内的冰淇淋店。

"嗯，没错。"芽衣子也深有同感地晃了晃脑袋。

我和千穗依然与富樫二人同行。我们的逻辑是，没有被说碍事就等于不碍事。

"优树，你经常来动物园吗？"芽衣子看着我问。

"没有。"我摇了摇头。我没有撒谎，这家动物园距离我的住所有三十分钟车程，近几年我都没来过。"上次大概是和富樫一起来的。"

"是吗？优树来过啊。"千穗像是被背叛了似的说道。

"很久以前的事了。"我强调说。

"但是，认识我之前你就来过了吧？这就是'抢跑'哦。"

"因为还没认识你，根本没办法一起来嘛。当时是跟富樫哥和姐姐一起来的。"

"优树在我不在的地方做了我不知道的事。"

"过去的事了，没办法嘛。"

"今后可能还会有哦。"千穗挑了挑眉，可怜巴巴地说。那样子与其说是愤怒，不如说是落寞。

"自那次之后我也没来过。"富樫说着，剥下了冰淇淋筒的卷纸。

我为了转移话题，鼓起勇气说出了不像自己的话："这样看来，我们在这儿遇见可真巧。"

"是啊，太巧了。"芽衣子点头表示同意。

"是命运。"千穗仿佛有了重大发现似的竖起食指。命运，这个词听起来有点儿逊色，不过我并不讨厌愉快地说着这些的千穗。

"对了，你们知道成田山法则吗？"芽衣子把冰淇淋的勺子当成指挥棒一样挥来挥去，看着坐在身边的富樫。我看着他们，感觉不太寻常，他们二人似乎是第一次看着对方。

"成田山，是那个新年参拜要去的地方吗？在千叶县？"千穗问。

"是的。"芽衣子答道。她有一头浅褐色的长发，身材纤细挺拔，洋溢着西洋现代气息。因此，当我听到她说出"成田山"这个传统的日本地名时，不禁吃了一惊。

"是为了镇压平将门之乱①而修建的地方？"千穗继续问。

"你怎么那么清楚？"我皱着眉问千穗。千穗一句话回答了我："这是常识。"然而，在我的常识里没有平将门这一项。

___

① 日本平安时代中期的武将平将门公然反叛，自称新皇的历史事件。

"新年会有很多人过去吧。"

"新年的参拜人数居于全国前列。"声称这是常识的千穗以一副挑衅的表情看着我，继续说，"听说有五百万。"

"没错。我一直都觉得难以置信。"芽衣子温柔地说，"而且还持续三天。"

"从一号到三号？"

"是的。还有，我想不通为什么不是所有人都一号那天去。"

"什么意思？"我问。我完全不懂她们在说什么，富樫估计也是第一次听说，一脸不解地在旁默默听着。

"参拜者因为各自的理由分别选择在一号、二号、三号前去。大家没有商量好，也没有人区分一号和二号去的人群。因此，就算大家都决定一号去，也不奇怪吧。"

我这才明白她的意思。"如果真是那样，那可真是了不起。"

"嗯。可是事实不是这样，而是均衡地分到了三天，正正好好地平均分开，就像被人仔细地调整过一样。同理，东京人就算全部打算明天去迪士尼乐园，也没什么奇怪的，只不过这种事不会发生罢了。"

"是的，不会发生。"我表示了同意。如她所说，虽然每天去的人数有些差异，但总体上是平均的。

"似乎有人在调整一样。"富樫眯着眼说。当芽衣子看向他时，富樫把目光移开了。

5

我走进店角的厕所小便，富樫紧跟着站在了我身边的小便池前。"是冰淇淋里的水分吧。"他说笑着，开始小便。五年没见，二人单独共处的地方竟是厕所。我想到这里，觉得很好笑。我喊了他一声"富樫哥"，然后目视前方说："真的好久没见了。"

"是啊。"富樫也目视着前方应道，"没想到优树交了一个可爱的女朋友。"他在打趣我，排尿的声音继续着。"我真想告诉五年前的你。"

"是啊。"我苦笑着说。高中的某段时间，我暗恋一个女孩，当我知道她和柔道部的男生交往后，失落了好一阵。后来，我向来我家的富樫诉说了青春期男生的苦恼。"富樫哥，我以后也能交到女朋友吗？"

"肯定能。"富樫当时的回答单纯明快。虽然毫无根据且不负责任，但是让我的心里充满了力量。

"富樫哥，你和芽衣子交往得久吗？"

"三年前交往的。"

"她可真是位美人，性格看起来也很不错。"

"是吧？"富樫开玩笑似的说着，有些羞涩。

"你说完就害羞，可让我怎么办？"

"哦，也是。"富樫面向墙壁笑着说。

"不结婚吗？"

"也想结。"富樫虽然措辞模糊，答得却很快。他接着又问我："生气了？"

我一头雾水："生气？我为什么要生气？"

"抛弃了自己的姐姐……之类？"

"没有。"我诚实地回答，"我如果是你，也不会跟姐姐在一起。分手也在情理中。"

我突然想起了五年前姐姐和富樫分手的那天。

那天晚上，姐姐九点钟左右到家，我正在起居室对着电视机玩跟朋友借来的游戏。操作战斗机将敌人打倒——就是这种老旧游戏的新装版。当时我正对着旋转飞来的板状物一个劲儿地发射炮弹。听说那个很难打的板状物在被二百五十六发炮弹打中后就会倒下，因此也想来试试。二百五十六，这个数字听上去很真实。

"我回来了！"姐姐从玄关走了进来。平时的她会直接走上二楼卧室，那天她却走过我的面前，从冰箱里拿出一听啤酒，拉开盖子，问我："优树，我问你，你觉得富樫怎么样？"

当时的我正沉迷于发射二百五十六发炮弹，没有作答。

"今天我们分手了。"姐姐继续说。

我不断发射炮弹，意图将其摧毁。可最终还是失败了，板状物旋转着，直到消失不见。我砸了咂舌。

"我挺喜欢富樫哥的。"我看着电视机屏幕说。姐姐听了，赌气似的说："我比你更喜欢他。"

我这才渐渐明白，这下要跟富樫分别了，看来这次真的要分别了，我不再抱有希望，心里莫名有些烦躁。之后我操作的战斗机再次被敌方击溃。

"她究竟去哪儿了？"富樫依然目视前方。我们俩面对着小便器，谁也没有提起裤子。这场景颇为怪异。我已经小便结束，想必富樫也是，可我们谁都无法从那里离开。

"已经三年了。"姐姐失踪三年了，"富樫哥也知道姐姐不见了吗？"

"你妈妈联系我了。"

三年前，姐姐突然留下一句"我出去一趟"就出发了。那时的她虽然已经和富樫分手有段时日了，可我还以为那是她一以贯之的"分手仪式"。她总是在分手后去旅行，似乎是为了让伤口愈合，就像往来于北极和加拿大之间的白熊。

"你要去哪儿？"我问她。她回答："北美，最终目的地是丘吉尔镇和北极。"考虑到她分手后旅行的目的地越来越远，这些话听上去倒也不突兀。只是，爸妈很担心她。

不冷吗？不危险吗？——面对因担心而反复确认的爸妈，姐姐的脸上浮现出了轻松的笑容。"我就去环游加拿大一圈，看看白熊就回来。"

"看看就回来。"这句话听起来，似乎旅途再难也没什么大不了。

然而，姐姐最终没有回来。她确实出国了，目的地是加拿大，有记录可以证明——似乎是这样的。可是，由于加拿大发生了大地震，一切又都成了谜。道路陷落、建筑倒塌、海岸公路山体崩塌……造成了很多游客的死亡。光日本人就有近百人行踪不明。确切的死亡人数和身份几乎无法确认。此事发生后，爸妈飞去了加拿大，为了寻找姐姐的遗体，在当地滞留了三个月。然而，最终不仅没能找到活人，也没能找到尸体。只能说，没有找到。

"可是为什么你妈妈会联系我呢？"

"因为你是她最后一任男朋友吧。"我特意强调了"最后一任"，接着趁此机会问，"富樫哥，你知道那个吗……"

"我大概知道。"富樫在我解释前斩钉截铁地应道。

"去年我看到了网上的一则新闻，说是在北极找到了一具疑似人类的尸体。"

富樫笑了，一副意料之中的反应，似乎在说"就是这个"。

这则新闻在网上流传开来，不知是真是假。有人说，那是大地震中丧生的人顺着洋流漂到了有浮冰的地方；有人说，那其实只是体格健壮的海豹，看上去像人类罢了；还有人说，那是一个人在无防备状态下靠近白熊，结果被袭击吃掉了。虽然没有证据，但是我坚信那个人就是姐姐。姐姐没有带着白虎刀和葛饼回来，而是被北极熊吃掉了。

"优树，你也这么想？"

"嗯。"我点了点头，"这种事，姐姐能做得出。"我们依然面向厕所墙壁，说了下去。"被白熊袭击的姐姐恐怕还高兴地比出了胜利的手势。"我把脑袋里想象过的画面说了出来。

"真神奇，"富樫说，"我也这么想的。"

这时，我们终于窸窸窣窣地提起裤子，拉上拉链。厕所有点儿冷，让我想起了另一个场景。还是关于姐姐的记忆，那时的我还是高中生，那是一个冬天。

那天，我去姐姐的房间里借 CD。她在床上裹着被子，嘴里不停念叨着"好冷、好冷"。

我看着 CD 架，对她说："要是嫌冷，打开就好了。"我指着暖炉，"没有煤油了？"

"不是的。温室效应、温室效应！"她像戴避难头巾似的把被子裹在身上，说，"前几天我看了新闻才知道，因为全球温室效应，北极的海水冰封时间越来越短了。"

"那个……"

"还有啊,如果北极不冰封,北极熊就去不了。这可是常识,你在学校里学什么了?!"她趾高气扬地说。可惜我的常识里没有北极熊这一项。"去不了北极,也就吃不到海豹,因为海豹是它们唯一的食物。也生不了孩子。"

"那个……"我心情烦闷,最后找到了想要的 CD。

"你能想象吗?加拿大丘吉尔镇的白熊,你脑海中有画面了吗?"

虽然并非我本意,但我确实开始想象丘吉尔镇的风景,我没去过那儿,更没看过照片……

"你想象一下北极熊孤零零地坐在地上等待哈德逊湾结冰的情景!还没冻上吗?真奇怪……还没冻上啊!北极熊疑惑地等待着。"

在想象中的丘吉尔镇,白熊蹲在地上不知所措。白熊带着孩子,面对没有变冷的天气困惑道:"真奇怪,怎么就不冷呢?真奇怪。"

"确实,很可怜。"虽然不太情愿,但我不得不承认这一事实。

"对吧。所以啊,为了不加剧温室效应,我就不开暖炉了。"

"没用的。"我立即反驳道。

"怎么没用?"

"大家都觉得温室效应跟自己无关。"没人在意白熊和海豹，也没工夫去在意。"除非法律上明令禁止，否则没人愿意停用暖炉。"

"没错。优树也会选择便利舒适的生活而非白熊吧。"姐姐揶揄道。"肯定的！姐姐也会转瞬放弃，打开暖炉的。"我预言道。

"我不会。"她斩钉截铁地说，"因为富樫说这样做的我很伟大。"

"富樫哥人好，才会顺着你的话说。"

"才不是。不过，和富樫在一起，我真的很安心。"总是自说自话的姐姐难得说出这么客观的话，"我感觉我们会永远在一起。"

"还是不要过于自信为好。"我虽然嘴上这样说，可是心里也觉得富樫哥会和姐姐永远在一起。

"总之呢，你要是还有一丁点儿良心，就祈祷天气快快变冷。"姐姐对着走出房间的我嘱咐道。

几天后，我去姐姐的房间还 CD。只见她正开着暖炉，边取暖边认真地说："快变冷！快变冷！"

"说好的良心呢？"面对我的责难，姐姐不甘心地说："娘亲？在楼下跟父亲看电视呢。"

"怎么了？"富樫离开了小便池，正在洗手。

我也走向洗手池，苦笑着答："不知不觉就发起了呆。"待水龙头里流出水来，我边洗手边说："人和人之间的联系比想象中脆弱多了。"大概是因为想起了打算和富樫永远在一起的姐姐。

"嗯。"

"无论有过多少快乐，分手时都派不上什么用场。"

富樫一定不知道我在说什么，他看着镜子中的我。

"富樫哥，你觉得神户远吗？"

"神户？嗯，挺远的。"

"下个月我就要去神户了，因为工作调动。千穗还留在这里。"

"异地啊。"

"嗯。"

"你打算怎么办？"

"不打算怎么办。"

"你们交往多久了？"

"两年。"

"两年，"富樫似乎在咀嚼两年的长度，"很难说啊。"他说着就笑了。

"我也不知道该怎么办。"千穗我俩没有聊过结婚的事，她也没有辞职。我也不能丢掉工作，只能遵从公司的调令。"可能是看了太多姐姐跟她男友的故事，意识到人和人竟然那么容易分离。无论有过多少快乐，分开就是分开了。"

"就连我，你姐姐的前男友，现在也要和别的女人结婚了。是吗？"

"也是。"我笑了，"不过，富樫哥，今天你能跟我说话我很高兴。我还以为你会假装没看见我呢。"

"那是因为当时要躲你也来不及了啊。"富樫笑了。"不过，"他停顿了一下，像是被使命感驱使一般安慰我道，"神户不远哦，反正都在日本。"

"刚才我说挺远的……"他苦笑着沉默了一阵，似乎在拼命寻找借口。接着，他不好意思地说："那是我说错了，我把神户听成了欧美。"

"太牵强了。"

"也是。"富樫说着，拿出手帕擦了擦手，"我总在想……"

"想什么？"

"召开峰会的时候，如果各国首脑并排站在小便池前，他们会聊些什么呢？"富樫一脸认真地说。

6

我们走出冰淇淋店，决定在园内散会儿步。富樫和芽衣子说，他们看完夜晚的烟花之后就回去。

园内的舞台上开始了表演，可以听见音乐声。几个人在演奏爵士乐，萨克斯风的声音轻缓地流淌在四周。

"听说烟花结束后还有答题比赛。"千穗高兴地对我说。她眼中闪耀着光芒，让我不禁怀疑，答题比赛是否真的那么令人期待。

"距离烟花大会还有一点儿时间，吃完冰淇淋，我们去吃晚饭好了。"富樫问我："优树，你们呢？"

没有被说碍事就等于不碍事。有了这一理论作为盾牌，我开始考虑要不要跟他们一起去吃晚饭。只见千穗挑了挑右眉，若有所思地看向我。"不了。"我应道，"我们去别的地方简单吃点儿就好。"

"好吧。"富樫看上去像是有些遗憾，又像是松了口气，"烟花呢？"

"烟花要看。"

"为什么不一起吃晚饭？"她问我。我们拿着在门口快餐店买的热狗，一边吃一边走。比起在店里悠闲地就餐，我们更喜欢边走边吃，享受公园的夜色。关于这一点，我们意见一致。

"你的右眉，"我把手里的美式热狗拿离嘴边，说，"你一有心事，右眉就会跳。"

"不是吧？"

"真的。刚才你就像在说想分开吃饭。"

"看来我的心意传达给你了。"

"收到了。"

"真开心，"千穗说，"感觉连在一起了。"

"可能吧。"我回应，在心里回味着"连在一起"的意思。连在一起。现在连在一起。现在。能相连到何时呢？我烦恼不已，咬紧了牙关逼问自己："我们究竟能连在一起到何时？你倒是回答看看！"

园内的小路上随处可见拖家带口的人。栏杆前的男人让孩子骑坐在自己的肩头，身旁的女人手里牵着小女孩。

"可你为什么不想和富樫他们一起吃晚饭呢？"

"我不是不想，只是觉得不太好。这一点我还是能分清的。"千穗一副狡辩的语气，虽然我没有指责她。"其实，刚才我和芽衣子单独在一起的时候都听她说了。"

"说什么？"

"富樫向芽衣子求婚了。"

"啊。"

"但是芽衣子似乎在烦恼。"

"原来如此。"我虽然关心，却无言以对。考虑到富樫没有得到回应的心情，我开口了："芽衣子在烦恼什么？"

"我没有问。不过，芽衣子说，来这里就是为了好好考虑一下。"

"这里？动物园？好好考虑什么？"

我的脑海中立即浮现出了北极熊，它们坐在冰冻的地面上，仿佛一团白色的毛绒玩具。

不知什么时候，我们站在了山魈的栏杆前。太阳已经下山，夜幕之下很难看清里面。我和千穗靠在栏杆上，努力向内张望，盯着角落搜寻动静。

"山魈是不是不在？"

"说不定它们正屏着呼吸在暗中观察我们。"

我又想起从公司前辈那儿听来的"鸡毛蒜皮"的事儿。我开了口："说起来……"在爬行动物馆提及时被千穗阻止了，不过只要不提是"听前辈说的"，就不会暴露是与工作相关的事了吧。"说起来，你知道动物园假说吗？可能称不上假说……"

"什么？"

"可能有外星人。"

"突然说这个？"千穗立即高声喊了起来。

"不论什么时候，外星人的故事都很突兀。早前人们就在讨论如果外星人真的存在，那么为什么不出现？"

"真奇怪。"

"几十年前一位美国天文学家说的。"

"怎么说？"

"他说，地球就是外星人的动物园，所以他们不靠近动物园。"

千穗不停地眨眼睛。

"比方说，我们现在正在栏杆外看里面的山魈，同理……"

"外星人也不会靠近地球？"千穗高兴地露齿笑着，"他们就站在栏杆外面？"

"没错。"

"真没意思。"

"没意思吧。"

不过，现在我们俩最需要的，就是不用思考的无聊话题。

我们接着走到了猛兽区，虽然不是有意为之，可还是向着北极熊的水槽走了过去。穴状道路的尽头就是水槽。夜色中，水槽里晃动的水纹梦幻无比。我们似乎被那梦幻的世界吸引着，向它靠近，在中途停下了脚步。

因为富樫他们就在前方。

他们站在水槽前，背对着我们。

他们目视水槽，似乎在谈论什么。若说是在谈论白熊的可爱之处，那他们的神情未免也太严肃了。

"在说结婚的事吧。"千穗说。

"谁知道呢。"

大概是面对着北极熊的缘故，我甚至觉得是姐姐在妨碍他们，不过这终究是毫无根据的臆测。他们有他们的问题，我们有我们的问题，而姐姐并不在这里。

过了一会儿，我们既没有靠近水槽，也没有转身离去，只是沉默着。有少年急匆匆地从我们身旁走了过去。

"没事吧？"千穗说出这句话时，我才明白她指的并不是富樫他们。

"没事的。"我答道。近半个月来，我们一直重复着这样的对话。

没事吧？

没事的。

——说起来简单。

"连在一起了吧？"千穗说着，依然目视前方。我没能将"连在一起了"说出口，因为说得太容易，听起来就像在撒谎。

"啊，有白熊！在那儿！"千穗突然伸出食指。我们虽然距离水槽有段距离，却能看到水槽里侧的陆地上似乎有白熊的身影。它面向墙壁，似乎在嗅什么。果然有！我点了点头说："北极熊正在看墙壁。"转念一想，又改口道，"看着墙壁的北极熊。"

"看着看着墙壁的北极熊的富樫他们。"我接着说。

"看着他们的我们。"千穗高兴地接话。

"看着我们的外星人。"我说罢，千穗爆笑不止。

"看着外星人的优树姐姐。"

"嗯？"我疑惑道，"为什么姐姐会出现在那儿？"

"因为你姐姐对每个人都造成了影响。"

关于姐姐的事，千穗应该只知道从我这里听说的那些，可是听她的话，却仿佛什么都知道。我佩服极了。

"她给大家带来的只有麻烦而已，为什么会存在于外星人之外呢？"

"你不这么觉得吗？"

"不觉得。"

7

为了赶上烟花大会，我们向园内的舞台走去。待我们抵达后，富樫他们已经在那儿了。他们身后的舞台上正演奏着爵士乐，鼓、贝斯、萨克斯风和吉他，小乐队正在演奏悦耳且熟悉的曲子，丝毫没有喧闹之感。

"答题比赛在这儿举行吗？"千穗回头，看着舞台。

"你喜欢答题？"富樫的嘴角轻轻上扬。

"因为，"千穗害羞了，"有问题就一定会有答案。"

富樫一副不解的样子歪着头。

"我喜欢有答案，简单易懂。"

"啊。"富樫像是突然被击中了似的看向身旁的芽衣子，微笑着说，"没错，有问题就一定会有答案。"芽衣子的表情也缓和了不少，松了口气说："有答案可真不错。"接着小声说了一句，"真羡慕啊。"

富樫他们正在为没有答案的问题而烦恼。我和千穗也是。

下个月起，我们会变成什么样？我们该怎么办？没必要去想吗？想了也白想吗？我没有答案。"对，这就是正确答案！"——如果有正确答案该多轻松啊。然而，这不是答题。

周围的人群聚集起来。有询问父亲"烟花在哪儿？"的少年，还有商量"今天住我家吗？"的男女。

"啊，有人在发饮料。"千穗拍了拍我的侧腹说。她的视线前方是一个身穿无尾礼服的男人，正边走边分发托盘上的纸杯。他头戴一顶帽檐大到夸张的帽子，手戴白手套，脚下迈着台步。"他会过来吗？"千穗问我。

舞台上响起了安静的吉他声。

刚才还是萨克斯风，却在不知不觉中变成了电吉他断断续续的声音，这种和弦似乎叫琶音。气氛发生了变化。当我回头看时，原本在右边角落里的吉他手已经站到了舞台中央的麦克风前，弹起了完全不同于爵士乐的明快的流行音乐。不知该说是新鲜还是别扭，我感受到了一阵冲击："咦？不是爵士也行啊？"可笑的是，与他同台的萨克斯风手和鼓手都睁大了眼睛，一副"不是爵士也行？"的惊讶表情。

"这首曲子……"我用食指指着天空对千穗说，虽然那里看不见吉他声，"这首曲子，我知道。"

"什么曲子？"

麦克风里传出了歌声。通透的声音一下子传向四周。啊！我不禁再次看向舞台。演唱者是吉他手——确认之后，我有一丝动摇。

我还没来得及思考原因，千穗拉了拉我的衬衫说："优树，饮料来了。"只见那个正装男子正站在我们的面前。

"有什么饮料？"千穗指着纸杯问。头戴帽子、身穿正装的男子说："有啤酒和橙汁。"

"那给我一杯橙汁。"

紧接着，正装男子把没有拿托盘的那只手伸到我们面前，迅速地动了一下，没想到手里竟然出现了一束花。

"啊？！"

我不禁惊呼。富樫、芽衣子和千穗也都张大了嘴。身后乐队的演奏似乎加上了鼓和贝斯，跃动感增加了不少。我被面前的花束惊得目瞪口呆。

正装男子的手里突然像变魔术一样出现了一束花。虽然只是一束可爱的假花，但是周围的人全都低声惊叹起来。不知是谁说了一句："真厉害，真厉害，魔术！"

我看着正装男子，因为他低着头，看不清他的脸。他献礼似的递出花束。我看了看花束，又看向了富樫。我的右眉恐怕正跳个不停，我想告诉富樫："这束花是你的。"

不知富樫有没有觉察到这些，只见他收下花束，递向身旁的芽衣子。

看着芽衣子接过花束，千穗高兴地拍了拍手。千穗在这种场合下还能立刻拍手，真是我的骄傲。

身后的乐曲越发动人心魄，我确定那是披头士的曲子。演奏就像电影进入了高潮似的，周围全都笼罩在乐声里。

或许是因为这样，富樫和芽衣子默默靠在了一起。我不禁屏气凝神，看着面前的美丽光景。

"魔术真厉害啊。"千穗用高亢的声音说着，这时正装男子已经不见了。

富樫他们依然沉默。过了一会儿，只见芽衣子拿着花，挽起了富樫的胳膊。看上去不像是为了取暖。

空气中传来了咻咻声。一声巨响后，烟花绽放开来。周围爆发出欢呼声。鲜艳的圆形在夜空中缓缓散开，又瞬间消失，发出啪啦啪啦的声响，令人愉悦。我还以为结束了，没想到转瞬又听到了咻咻的声响，夜空中又绽放了一个圆。接着又消失，啪啪地散开。

我在心里感叹：真美！我回头看向舞台，或许是开始放烟花的缘故，演奏停止了，乐手们正走下舞台。

我这才知道，刚才那首披头士的曲子是他们的即兴演奏。吉他手突然开始弹唱，其他乐手大吃一惊。不过他们没有追究，可能在舞台上随机应变就是爵士乐手的生存之道吧。或许，他们是心甘情愿地顺着那首曲子演奏下去的。"亲爱的什么"一定是在这种状态下演奏的。一定是的。

吉他手走下舞台的阶梯，他看上去不太适合那件西装。他看向我这边，似乎在指什么。我感觉他在笑，他的嘴唇在动。我听不见他在说什么，只好凭空想象。"去听披头士吧！"他不总是这样说吗？

我又想起了"成田山法则"。芽衣子说："所有人都在一号那天去成田山也不足为奇。"

是的，不足为奇。

今天我们在动物园偶遇了富樫。既然这件事能发生，那么其他事也有可能发生。也就是说，姐姐的其他男朋友也可能来了。

因此我在心里做出了判断：舞台上的吉他手，我不记得他是姐姐的第几任，但一定是那个想当音乐家的男朋友；那位递出花束的正装男子，我也不记得是第几任，但他就是擅长变魔术的调酒师——即使这样也不足为奇，我甚至觉得果真是这样也不错。

他们发现了偶然来到这里的我，又不好直接跟我打招呼。说到底，我不过是他们前女友的弟弟而已，于是只好用披头士和魔术这种迂回的方式庆祝与我的重逢。

"为什么哭了？"千穗指着我说。

"不知道。"我用手擦掉了泪水。我甚至不知道自己为什么哭，只能回答一句："都连在一起了。"

"原来如此。"千穗虽然不知道发生了什么，听上去却心领神会。

"没事的。"我这样说不是为了安慰她，而是因为仿佛得到了问题的答案。

"我明白。"

我站在千穗的身边，抬头看烟花。在我们前面，富樫他们也并肩看着天空。

我突然想起了一句名言：所谓相爱，不是互相看着对方，而是两人看着同一个方向。不知不觉中，这句话竟和现在并肩看烟花的我们十分相称。

"没事的。"我再次小声说。

千穗也小声回应道："我说了，我明白。"

8

答题比赛在舞台上举行。放完烟花，留下的观众坐在长椅上，面向舞台上的主持人。黑夜中，我们聚集在明亮的小型舞台周围，就像举办篝火晚会时好奇心满满的高中生一样天真无邪。

被选中的几个人走上舞台，在答题席并排坐下。我以为千穗会参加，可她没有。她说："我已经有答案了。"

坐在我右边的是千穗，左边是芽衣子，再往左是富樫。芽衣子的膝上放着一小束花。我们四个人恐怕不会再像这样聚在一起了吧。

我却不觉得遗憾，人和人之间的关系就是这样——至少，我愿意这样相信。

"那么请听题。"舞台上的主持人对着麦克风开始读题。不赌钱，奖品也很普通，场上却洋溢着紧张的气氛。主持人口齿清楚地念出题目，当他说到"北极熊的……"时，我已经想笑了。

"北极熊的身体看上去是白色的，但它的毛实际上是什么颜色呢？"

我忍不住笑出了声。坐在芽衣子身边的富樫也笑出了声。

看吧！果然都连在一起了！

我和富樫隔着芽衣子面面相觑。富樫一脸尴尬，眉毛都皱成了八字形。

后来，我们就像高中生被迫做自我介绍时那样，害羞和讨厌中夹杂着苦笑，小声回答道："透明色。"

看着我们的外星人。

看着外星人的姐姐。

想到这里，我的心情变得愉悦起来。

参考、引用文献：

《人类的大地》，安托万·德·圣埃克絮佩里 著，堀口大学 译，新潮社出版。

《浩瀚宇宙中仅发现地球人的五十个理由 费米悖论》，斯蒂芬·韦伯 著，松浦俊辅 译，青土社出版。

魔法按钮

石田衣良

石田衣良

1960年出生于东京都。毕业于成蹊大学经济学系。入职广告制作公司之后，作为一名广告文案活跃于业界。1997年，凭借《池袋西口公园》获第36届"ALL读物推理小说新人奖"，成为职业作家。翌年，同名短篇小说集的单行本出版发行，拍成电视剧后引起讨论。2003年，凭借《十四岁》获第129届直木奖。2006年，凭借《不眠的珍珠》获第13届岛清恋爱文学奖。著有《美丽的孩子》《娼年》《慢慢说再见》《一磅的悲伤》《约定》《东京娃娃》《美丘》《转转爱》等。

在我过去就读的幼儿园里流行着一种叫"魔法按钮"的游戏。

肩膀的骨头末端有一个像孤岛一样凸起的圆形部位，大家称之为"按钮"。被按下右肩的按钮，就会变成透明人，不被周围的人所见，因此可以随心所欲地恶作剧。被按下左肩的按钮，身体就会变成石头，必须等下一个人按下按钮才能动。这不过是在盛开着郁金香、唐菖蒲、三色堇的庭院里仅供娱乐的一个小游戏。

时至今日，我有时仍会觉得，如果所有人都拥有魔法按钮就好了。按下右肩的按钮，身体就会变得透明；按下左肩的按钮，就会变成石头。东京太拥挤了，人来人往，水泄不通。如果大家能互相按下按钮，有人消失，有人不动，那该多好。如此一来，整个城市就安静了。

如果变成透明人，失恋的悲伤也会变得轻盈透明，即使一个人偷偷哭泣也不会被发现。如果变成石头人，一动不动，就连悲伤也会结晶，沉淀在内心深处。

然而，我们没有魔法按钮。

因此，我才会在这里等你。

我焦躁地看了看手表，心想你一定还在睡觉。

不过，我们既非恋人也非情人，只不过是认识了二十多年的朋友。即便如此，还是过于冷淡了吧，萌枝？

约在下北泽的露天咖啡馆见面可能有些奇怪。这里人来人往，人们穿梭于狭窄小巷里的古着店和杂货店之间。我在距离拥挤的人流不足半米的地方，交叉着双脚坐在躺椅上。

夏天傍晚的光线是橙色的，虽然没有芬达橙那么深，至少比宝利汽水深。沥青马路上吹来的风里还残留着白天膨胀的热气。我掏出手机，拨下了一串熟悉的号码。

"喂……"

电话里传来了你慵懒的声音。如果是在发信息，那么"正在输入中"会有几种可能性？什么嘛！我还在睡觉。你说什么？怎样都行——如果对方心情不好，哪一种都是有可能的……

"萌枝，距约定时间已过了二十五分钟……"

电话里传来了你匆忙起床的窸窣声。

"抱歉，我喝酒喝到了早上。给我十分钟，马上就过去。"

听你这么说，反倒是我慌了神。

"没事，不着急。女孩子总要好好收拾的嘛……"

电话被挂断了。我怔了一下，旁边座位的一对情侣立刻狐疑地看向我。我合上手机，放在铝制折叠桌上。头顶的榉树落下了一片绿叶，正好落在冰拿铁的玻璃杯旁。我拿起那片薄得像水一样的叶子，放在了脚边的地上。

没什么，我已经习惯了——我泰然自若地交叉双脚，刚才那片娇嫩的绿叶被我踩在了脚下。

十分钟后，你果真来了。

你穿着皱巴巴的蓝绿色运动衫和喇叭牛仔裤。你个子高，倒也不是不适合。你刚起床，还没工夫把头发梳直，中长发随意地压在灰色的帽子里，毛躁的头发在脖子那里打着结。因为是星期天，你自然也没有化妆。

"抱歉，抱歉，等了很久吧？"

我等了三十五分钟。不过，是我一时兴起约你的，因此这也是没办法的事。我轻轻地点了点头说："对了，你又喝酒了？你之前说不会再彻夜饮酒了。"

"还是不行啊。我一沾酒精就控制不住自己，一喝酒我就觉得自己是自由的。不说我了，你好像瘦了很多。"

四天前，我和女朋友分手了。这四天里，我的体重减少了三公斤。今天是第五天，是遭受重创之后的第一个星期六，我有一种苟活的感觉。

"是瘦了。失恋有助于减肥。"

"可是隆介，你没有减肥的必要。太瘦的话，女孩子可不会喜欢哦。"

我把目光投向你从运动衫袖子里露出的两条胳膊。

"我觉得男人也不会喜欢因酗酒而发胖的二十五岁白领。"

"我好不容易出来听你倾诉失恋之苦，你想跟我吵架？"

萌枝从幼儿园时起就没怎么变。那时的你总和男生打架，目空一切，说话老成讽刺。二十年后的今天也没什么变化。

"没有，我可没有力气跟你吵架。我最近什么都没吃，看见什么都难过。"

你抬头看着迎来的服务员。

"算了，胆小鬼。给我来一杯科罗娜啤酒。"

"刚起床就喝啤酒？"

"听没出息的男人倾诉失恋之苦，不喝酒怎么行。"

你看着服务员黑色围裙下的腰身。

"果然还是倒三角好看。趁此机会，隆介你也锻炼锻炼身体吧。早纪或许也会对你刮目相看哦。"

我眼前一黑，整个世界仿佛都陷入黑暗。我努力抑制声音中的颤抖。

"不要在我面前再提这个名字，求你了。"

你嘿嘿嘿地笑了。

"不是有一种刺激疗法嘛。今天晚上我不断说她的名字怎么样？"

我认真地看着你的眼睛，说："算我求你了。"

你拿起科罗娜啤酒酒杯上的青柠挤了一下，轻轻地点了点头。

"知道了。今天晚上我会对你好点儿的。"

远藤早纪是我大学毕业工作后交往的第一个女朋友。她个子小巧，妩媚可爱，在床上超乎想象的主动。她和你的体型完全不同。照此交往下去，我们或许能步入婚姻的殿堂。可没想到的是，她突然提出了分手。听说，这半年里她似乎同时在和另一个男人交往，那个男人在商社工作，工资高我三成，他先求了婚，于是她便向我提出了分手。

星期日缠绵悱恻的约会刚刚结束，星期二我又被紧急呼叫召唤而去。我想象着她下定决心时的心情，我的心痛是她的一百倍。心如死灰。我啜饮着墨西哥啤酒，你冷静地听我诉说着。

"没办法。无论男女，人都是会变心的。爱情的突然结束势必会伤害到某个人。不过，这没什么不好。她也不是什么正经女人，同时交往两个男人意味着每周要和两个男人做爱。或许分手是件好事。"

我不知道你说这番话是在安慰我，还是在怨恨她。我垂下了肩膀，你继续说："没结婚不是很好吗？她就算结了婚，也一定会出轨。你才二十五岁，以后还有很多缘分。对了，在这儿喝啤酒多没劲，我们去别的地方继续喝吧。"你慢吞吞地说，"我请你，附近有一家味道不错的酒馆。"

我们走进了一家位于下北泽小巷的萨摩料理店。你点了加冰威士忌，我本不想喝酒，却点了青柠鸡尾酒。你没看菜单，直接对着吧台里的老板说："自制萨摩炸鸡、烤蚕豆、芝麻豆腐，再来一份牛油果水菜沙拉，还有明太鱼可乐饼。"

这些似乎是你经常点的食物。我低声叹道："什么嘛，你只是想把我的故事当成下酒菜啊。"

你用宿醉之后的肿眼泡冲我眨了一下眼睛。

"人之不幸，我之蜜糖。新鲜出炉的失恋故事可是最高级的牛排哦！隆介，你也别总是愁眉苦脸的，高兴地笑笑比较好哦。要不，我们接下来就转换成守夜模式好了。"

我想象不到你那么安静的样子，于是苦笑着说："不用了，就这样就行。"

菜端了上来，你大快朵颐。我依然没什么食欲。

"你可真能吃！"

"这有什么！我又没失恋，熬了一宿肚子饿坏了。这个明太鱼可乐饼你不吃吗？不蘸酱就很好吃。"

我吃了一口脆生生的可乐饼，感觉舌头上热乎乎的。要是平时，我一定会觉得美味而再加一份。可如今我冷静地品尝了味道，却分辨不出是否真的好吃。

"你们已经不可能和好了，对吧？那就干脆些！不管失恋多么痛苦，都会随着时间流逝而淡化。你打起精神来，好找下一个女朋友。"

你夹起一个烤得焦黑的蚕豆，连壳一起放入口中，在舌尖翻弄着说："这个热乎乎的，再喝一口加冰威士忌，特别爽。"

我看着你毫无矫饰的笑脸。

"光说我的事了，萌枝你怎么样？"

"什么怎么样？"

"你的恋爱。"

加冰威士忌见底了，玻璃杯底的冰球来回转动着。

"我觉得这世上所有事都因人而异。有人适合谈恋爱，有人不适合。我是不适合的那个，所以也不打算在恋爱上费工夫。"

你看着远处，似乎在眺望自己的过去。接着，你像发现了什么似的突然说："再来一份！再加烤肉芝麻包饭。"

"什么嘛，还点吃的？"

那天晚上我第一次笑了，虽然只是微微笑了一下，但已是时隔四天的笑容了。这对我来说是十分新鲜的体验。我的内心深处产生了愉悦的微小震动，喉咙、口腔、嘴角都不由得被呼出的气息摇晃着，舒服极了。笑，是一项分好几个步骤完成的高难度智力活动。猴子和狗是不会笑的，我感觉自己终于又变成了人类。

"你看，这不是有精神了嘛！来，多喝点儿！"

"好。"

我也点了一杯萨摩烧酒——加冰威士忌，安下心来专心喝酒。我看了看手表，还不到八点。星期六的夜晚还很长。

我忘记了酒精有让大脑断片的作用。就像是经过笨拙剪辑的电影，待我回过神来，已是凌晨四点，酒馆马上要关门了。我们掏空了钱包，从店里走了出来。你喝醉了，连走路都走不直了。我身高将近一米八，你差不多一米七，这体格很难说是柔弱。

我们勾肩搭背地走在黎明的下北泽小巷里。

"再喝！"

"不行了，我要回去。我已经到极限了。"

你抬起头凝视着我。

"修二？"

那是我不认识的男人的名字。我脚下不稳，走路晃悠悠的。

"不是，是我，隆介。"

"哦，隆介啊。小时候是个爱哭鬼，还尿床，没想到现在成了一个好男人。"

"要你管！我送你回家。"

刚说完，你就像梦游症患者似的边走边发出了睡觉的鼻息。我还是第一次和睡着的人同行。我们走走停停，差不多花了七分钟就到了你家。我从你的牛仔裤兜里掏出了房门钥匙，打开公寓的安全门，走在空无一人的走廊里。

我的体力渐渐不支，于是让你靠在了金属防火门上。你的脚下似乎完全失去了力气，就在我开门的时候，你的身体滑到了地上。我像搬运尸体似的架着你的两条胳膊，好不容易才把你拖回你的一居室。我帮你脱了鞋子，艰难地把你抱到卧室的床上。

你顺势钻进夏凉被中，沉沉睡去。我坐在地板上，背靠你的床垫，看着你毫无防备的睡脸。虽然你的脸柔和了些，但和小时候一样轮廓清晰。和老师意见相左时，你如果认定自己是对的，就绝不会退让。我至今还记得你惹哭了刚从师范大学毕业的新老师，那时的你上小学四年级。

我们从幼儿园到小学、初中都在一起。高中虽然分开了，但在大学又偶然遇到了。虽然很惊讶，但我们都不认为这是浪漫的偶然。你额前的头发散落在嘴角，睡梦中的你不耐烦地将之拨开。我伸出手，帮你把几根残余的黑发捋到脸侧。初中时的你在班级里是数二数三的可爱，超乎想象地招人喜欢。我的几个好朋友也喜欢过你。十几年过去了，你变成了现在这样不在乎男人目光、不适合恋爱的女人。我觉得这一切太不可思议了，盯着你的睡脸看了好一会儿。

你的房间与其说是女人的房间，更像是考生的房间。几乎没有可爱的小东西、海报、挂画之类，很多书都堆在地上。我看了一眼书脊，几乎没什么恋爱小说，大多是历史书和海外推理小说，看上去更像是中年男人的口味。

我最后看了看你那轻轻张着嘴巴呼吸的睡脸，走出了房间。

睡梦中的手机铃声像极了电子恐吓。星期日的中午，我被一阵铃声惊醒。

"喂，我说你！至少应该帮我把牛仔裤脱了吧！"

手机里传来了你的声音。我不明白你在说什么，睡不够八小时，我的脑子就完全不工作。

"牛仔裤？"

"这裤子紧得很，这样穿着睡觉可不行。肚子勒得难受，还会做噩梦，腰上还会留下奇怪的印记。"

我这才从床上坐了起来。

"倒是你，不应该穿不适合自己的紧身牛仔裤吧。我怎么可能去脱熟睡女人的裤子啊！"

"你明明没把我当女人！啊，好痒！"

手机里传来了沙沙的声响，一定是你在挠肚子。我换了话题继续说："对了，反正你今天也没什么安排，不如我们一起吃个迟到的早午饭？"

　　接下来是一阵令人厌恶的沉默。我仔细聆听着你的动静，你说："我怎么都行，不过能不能不要吃什么早午饭？要是吃午饭，我就去。"

　　"好，那就吃午饭。"

　　我们约在同一家露天咖啡馆里见面。萌枝也觉得这边没什么好吃的店，只好说去外面那家店。我们约在星期日的傍晚见面，在同样的傍晚的橙色光线中，穿梭于小巷里的行人虽然与前一天不同，可是看上去就像同一批群众演员。

　　萌枝一见我，就率先开口道："你这帅气时髦的衣服在哪儿买的？"

　　我并没有穿得十分时髦帅气，只是白色棉布裤子配了一件条纹衬衫，担心夜凉又披了一件轻薄的蓝色棉布夹克而已。裤子和衬衫都是廉价品，只有夹克是意大利产的名牌货。

　　"倒是你，运动服在哪儿买的？"

　　萌枝似乎吃一堑长一智，没穿牛仔裤，而是穿着一套闪着绸缎光泽的蓝色运动服。

　　"涩谷的彪马。"

我们从咖啡馆走向下北泽的意大利餐厅。这家店尤其擅长恺撒沙拉、春旬包菜和凤尾鱼意大利面。比萨饼一般，因为我喜欢薄一些的饼。昨天晚上喝了烧酒，因此今天决定喝红白葡萄酒。在这种时候，我会庆幸自己出生在日本。

连续两天喝酒，再加上明天还有工作，于是我们在晚上十二点散场了。我在送你回家的路上，不知为何向你坦白道："虽然失恋还不到一周，不过我已经轻松多了。这都是托了你的福。心痛也离我而去了。"

你大步向前走着，边走边说："你不是在女人堆里长大的吗？所以跟女人在一起就会感到踏实。就算不是我，只要有女人肯听你倾诉失恋的痛苦，不管是谁都无所谓。"

你宽阔的背影中透着一丝落寞。下北泽昏暗的小巷里连个人影都没有。

"才不是。如果不是你，我就不会像这样自在地倾诉，也没人会陪我到深夜。"

"这倒是，不过那是因为我没有男朋友，和女朋友们也不太合得来。陪伴失落的你，刚刚好。"

公寓的入口非常明亮，就像夜色中的灯塔。

"要不要去喝杯咖啡？我什么也不做，别担心。"

我不禁笑了。你看上去有点儿紧张。什么都不做——听上去就像男人邀请女人去酒店开房休息一下。

"不了，你家我已经看过了。而且明天还要早起，今天就算了。"

你失望地点了点头。

"我知道了。今天穿的是运动服，不脱也是可以的。"

看到你一脸无所谓的表情，我忍不住开了口："对了，下周末你反正没安排，我也闲着，要不下次我请你去吃好吃的？"

"你这是……约我？"

"就是去喝个酒，不过说是约会也行吧。"

你回过头来，不施粉黛的脸上露出了大大的微笑。你的笑容仿佛轻轻照亮了黑夜的角落。

"哈哈哈，我已经三年没被男人约过了。"

"那你这三年里什么也没做？"

听到我惊讶的反问，你大步流星地朝公寓走去。你背对着我说："我可能又变回处女了。下周见吧。"

后来，每逢假日我们就约会。

第二周，我预约了汐留超高层建筑第四十多层的意大利餐厅。那家店有美丽的夜景和精致的前菜，还有高级到需要鼓起勇气面对的葡萄酒菜单。你身穿牛仔裤和运动衫，惹得那些似乎刚参加完婚礼、穿着隆重的女人们纷纷侧目。因为我说在新桥，估计你还以为是烤鸡串小饭馆。

西班牙风、法式、吧台里的寿司和天妇罗……我们的约会以豪华正餐为主，而不是看电影和逛街。第一餐由我请客，第二轮喝酒由你请。我把自己和朋友们推荐的好店纷纷拿出手，你带我去的酒吧和酒馆也相当不错。位于西麻布的香槟酒吧的电话号码至今仍保存于我的手机中。

几次约会过后，你的穿着从运动衫加牛仔裤变成了黑色或深蓝色通勤裤装西服。虽然你酗酒，但因为年纪刚二十过半，身材保持得相当不错。高挑的你与收身西装相得益彰。

就这样，一个月过去了，第五次约会结束了。

我们之间出现了一个严峻的选择：就这样保持安全距离，还是做好危险的觉悟靠近。

沿着旧山手路的昏暗小道向着神泉的交叉路口走去，右手边可见繁盛的树木中透出的红色霓虹灯。走下水泥阶梯，地下的凉台十分宽敞，几对情侣正在喝茶。

餐厅门是一层厚玻璃，里面站着外国服务员。看到我走近后，笑着打开了门。

"晚上好。我姓高安，预约过了。"

店里的光线很暗。大概是因为时间还早，大厅里的圆桌几乎都空着。外国服务员把我带到位于窗边的特等席边，那里能清楚地看见地下凉台和中央种植的纪念楠树。这时，一个从宽阶上走下来的女人进入了我的视野。她个子高挑，小腿曲线优美，双层雪纺裙的裙摆像烟雾一样摇曳着，步伐充满了节奏感，中长发烫着大大的卷儿。她穿越凉台，大步流星地向我走来。哎呀，真奇怪！这位身穿夏季连衣裙的女人跟你真像。

当你推开餐厅门的时候，我的疑问才变成了确信。你的衣着不是平日的裤装西服，而是女装。我目瞪口呆地看着从空桌之间向我走来的你。

你微驼着背站在我的正前方，脚上穿着高跟鞋，有些愠怒地对我说："你别嘲笑别人的努力！你听着，如果拿我的卷发和连衣裙开玩笑，我立刻就回去。"

服务员像在看一出好戏似的微笑着把座椅拉开，待你坐下后，他又轻轻推了回去。你连看都没看菜单就说："先上香槟。"

我们在那家店里说了些什么，我都忘记了，只记得自己疲惫不堪。你郑重地警告了我，因此我小心翼翼地避开所有危险的问题。你为什么突然换发型，为什么要烫那样浪漫的卷发，为什么穿微透的夏季连衣裙，为什么穿黑色长筒网袜……我拼命控制着脑中冒出的疑问。

我只记得自己失误了一次，不小心说漏了嘴。

"萌枝，你今天晚上不会化妆了吧？"

你不知喝光了第几杯昂贵的香槟，瞥了我一眼。

"化了，怎么了？人家努力化了妆，不要像看什么猥琐的东西那样看我！"

我移开视线，叫来帅气的服务员为你续杯。

第二轮，我们打算去位于代官山和涩谷中间的一家酒吧。徒步不过十分钟的路程，离开代官山之后，旧山手路上越来越暗了。你不知为什么走在我的前面，似乎不想让我看见你的脸。其间，我看着你曲线柔美的小腿和膝盖后方摇曳的裙裾。远处隐约可见酒吧的霓虹灯。你突然在一家关门的室内装饰店的橱窗前停下。看着你宽阔的背影，能感受到你的决心。

"我今天晚上非常认真，可你却总是偷笑。隆介你太没礼貌了！有那么可笑吗？！"

你转身低头看向自己的连衣裙。

"没有。很适合你，你身材好。我只是突然被你的女装吓着了，还以为出了什么事。"

"算了。不用你违心来夸我，反正我就是不适合恋爱的那种人！"

你说罢，张开双腿坐在大楼前白色的大理石台阶上，甚至能看到大腿内侧，而你毫不在意。我移开视线，在你的身旁坐下。

"我大学四年一直都在和年长的人交往。"

我第一次听你说起自己的恋爱。你望着对面的马来西亚大使馆，目光和在下北泽醉酒的那天夜晚一样遥远。我只是点了点头。

"他四十多岁，结婚十年了，有两个上小学的孩子。"

我又说漏了嘴。

"婚外恋？"

"别再这么说！我是认真的，他也是。虽然这没什么好炫耀的。"

我想起了那天晚上你喊错的名字。

"他叫修二？"

"你怎么知道？就是他。听说他向妻子提出离婚后，引发了大骚乱。他妻子甚至去了我父母的家，我快要崩溃了。和你不一样，我在和他分手后的半年里都没有笑过。"

我一言不发地看着飞驰在东京中心空荡马路上的出租车的车灯。

"原来如此。"

"嗯。三年前他四十七岁，今年五十了。我现在有时候仍然会想，不知道他现在变成什么样子了。"

萌枝二十五岁，那个男人的年纪恰好是她的两倍。

"你不许说双倍得分！"

我慌忙点了点头，你一动不动地看着我。

"你还记得我们在幼儿园时玩的游戏吗？魔法按钮。"

我当然记得。一开始在幼儿园流行，上了小学也一直在玩。你伸出细长的手臂，在我的右肩按下。轻微的触感让人感受不到一根手指的重量。

"从现在起，你是透明人。我要说一些话，当身边没有人，你别吭声。这次是因为你被甩，我们才像模像样地约会了几次。这也是我从出生以来第一次和同龄人交往。我以为这是上天给我的机会，给我一个失恋的男人，为了让我能和年轻男人交往而安排了这场康复训练。"

我这个透明人就像麻痹了似的一言不发。你抬头看着道路上方明亮的夜空，眼神清澈美丽，闪烁着爱上某人的悲伤和憧憬。

"然后呢，我就真的尝试了一下，没想到乐在其中了。每次约会都是一次练习。可我听你的意思是，等你恢复了心情，还要交往一个妩媚可爱、在床上十分主动的小个子女孩，而不是我。"

嘿嘿嘿——你发出了擅长的男子般的笑声。

"可是不行啊，我努力不拿你当男人看，却失败了。这次我鼓起勇气打扮得漂漂亮亮，也是因为希望你把我当成女人看，而不是平时那个穿着运动服、素面朝天的酒友。我不擅长化妆，对时尚也一窍不通。可我还是希望你把我当成女人来看。"

你突然站起来，拍了拍屁股后面的连衣裙，向着夜空伸展了一下身体。

"可是我一看到你就明白了。你不仅没把我当成女人看，也从来没意识到这一点。算了，今夜我就给你自由。你看上去也精神了不少，这就当我们的最后一次约会吧。当我按下你的按钮之后，你就把我刚才这番话全都忘记，变回我的好朋友。你要是再提这件事，我不会原谅你的。"

你转身用指尖在我这个透明人的右肩上按下。我也站起来，把手放在你低垂着脑袋的左肩。

"这次换我按下你的魔法按钮。从现在起，你变成石头人。不管我做什么，你都不许动。"

我从你的身后环抱着你，在你娇柔的腰前交叉双手。你想挣扎，我警告道："石头不许动！"

你的身体因为震惊而颤抖了一下，之后便僵硬了起来。

"萌枝，我也一直在考虑同一件事。我们认识了二十多年，这反倒成了我们之间的一堵墙。如今我该如何说得出口，让你跟我交往？你知道我交往过的所有女朋友，还会想要和我尝试一次吗？我也在烦恼。"

我手掌下你的小腹随着呼吸缓缓起伏。眼前的这块石头温热地喘息着，因为不擅长化妆而苦恼，因为喜欢上了别人而心神不宁，是一块颇具魅力的石头。

我松开手，绕到你的正前方。撩起你额前弯曲的头发，把你的额头暴露在夜晚中。

"萌枝，你还是石头人哦。"

我轻轻地吻了一下你的额头。你泪眼婆娑，身体依然僵直。我把脸靠近你的左肩，在你耳边低语道："魔法按钮解除了，你可以动了。"

你紧紧地拥抱了我，像一只捕到猎物的母狮子，在我的耳边小声叫道："原来是这样，早点儿告诉我多好！害我担心那么多，还没什么用！啊，我好高兴！"

一对年轻的情侣看着我们，笑着走了过去。

"稍等一下。"我说着，离开了你的怀抱。

你迅速止住了眼泪，发出了男子般的笑声。

"反正又没什么损失，有什么不好？对了，我们去涩谷的情人旅馆做爱吧！我很久没做，可能又变回了处女，又紧又涩。隆介，你不就喜欢这种吗？"

刚才那个可爱的女孩去哪儿了呢？你的心情总是难以捉摸。

"开什么玩笑！你刚接受我的告白，我们怎么可能马上就去那种地方做爱啊？！男人也很敏感的！今天晚上就去原计划的酒吧。和你的第一次，还是放在下次去旅游的时候吧！"

你眼光闪烁着。

"好啊！今天晚上也做，旅行的时候也做，不就好了？"

"不许说'做'！你要是再说，我就按下你的魔法按钮，一晚上都不理你！"

我们朝着酒吧的霓虹灯走去，你在我身后说："不理我？
也不错啊。喂，你生气了吗？刚才还说了甜蜜的话呢，隆介……"

我装作生气的样子，快步向前走去。你小跑着追上我，挽
上我的胳膊。我们就这样走在夏天夜晚的小路上。后来我们去
了哪里，就任凭各位想象吧！

给一个提示：我们一直待到早上，醉得很厉害，这回真的
不用帮她脱牛仔裤了。不过，无论按她说的做，还是按我说的做，
在马上到来的黎明，我们无疑都是幸福的。

毕业照

市川拓司

市川拓司

1962 年出生于东京都。毕业于独协大学。当过出版社编辑，又骑自行车环游了日本，1997 年起开始在网络上发表小说，2002 年凭借《伤离别》成为职业作家。该作品被拍成电视剧，获得了好评。2003 年，《现在，很想见你》持续畅销，翌年改编为电影，销量突破了 100 万册。对悲伤的恋爱有刻骨铭心的描写——是人们对他的评价，他也因此收获许多读者。著有《恋爱写真》《等待，只为与你相遇》《弘海》《如果整个世界都在下雨》《我的手是为了你存在》等。

"木内？"听到有人喊我，我抬头一看，只见一张圆润的笑脸出现在我面前。

　　这个青年是谁？他长了一张温柔善良的脸，他认识我，我也应该认识他。听他的语气，似乎与我很熟络，可我想不起来。我的眼睛本来在星巴克淡淡的灯光下就不大能派得上用场，虽然能阅读放在桌上的教科书，却只能模糊地看见一米开外的人脸。这都怪那度数不适合我的眼镜。我原本想更换为当下流行的狐狸形镜框，却总也找不到合适的时机，因此直到现在还在使用过时的椭圆形镜框。虽然还能升级为隐形眼镜，可我不太喜欢。在因脆弱敏感而被过度保护（有眼皮）的部位放入异物需要相当大的勇气（当然，我也没有打耳洞），而且我是那种罕见的摘下眼镜更丑的人。

　　"哎！"不管三七二十一，总之我先应了一声，然后才在大脑里匆忙寻找数据。然而，哪里都找不到和眼前的笑脸匹配的记忆。

　　有那么几秒钟，气氛十分尴尬。我微笑着迎接他的目光，心里却在进行着高速运算。我依次打开脑中有关工作、大学、高中的记忆盒子，从中搜索他的脸。脑海中小小的我则舔舔手指，拼命翻找资料。

他看着尴尬应对的我，似乎在犹豫该不该告诉我他是谁，同时也在期待我能想起来。他肯定不愿意相信自己没能给人留下深刻印象，更何况在异性之间，此事还与魅力值相关。

我明白他的心情，因此分外焦急。这不仅是我的记忆力问题，更关系到人道主义。因为忘记他，就说明我对他毫不在意。如果他这么想，那该怎么办？

他张开了嘴，马上就要发出"啊"的声音，我伸手示意他不要说，再等一下。

我凝视着他，他略显羞涩地回看我。他有点儿胖，高个子，有将近一米八？体重嘛，七十五到八十五公斤之间，体脂率大概有百分之二十七。他和我一样戴着过时的眼镜，无限接近于圆形的金属镜框。他给我的第一印象是像大约一个月前才开始在外居住的维尼熊。他肩上的帆布包里似乎装着一瓶蜂蜜，与其说是结实耐用，倒不如说是乡村风格。不过，这身装扮倒很适合他。

我怎么也想不起来，眼睛眨来眨去，终于从唇间发出了疑问之声。他似乎在等待这个瞬间，立即开口道："我是渡边。"

"啊！"我虽然发出了恍然大悟的惊呼，可仍然一头雾水。

"五中的……"

她高高地举起了一本文件夹——"她"是我脑海中的小小文件管理员。文件夹里确实有渡边的名字，还有一张酷似维尼熊的证件照。

"渡边！"

"没错，我是渡边。"

我向他伸出手，意在表达自己想起他来了，却为没能先说出他的名字而感到遗憾的心情。"真是好久没见啊！"

他握住我的手，相当客气。没错，没错，渡边以前就是这种感觉，表情和动作总是小心翼翼的。

"九年没见了吧。"

"是啊，毕业之后就再没见过了。啊，请坐。"

他在桌子对面坐了下来，把手中的咖啡杯放在桌上，摩挲着两手。

"之前我见过你一次。"

"啊，是吗？"

"嗯，在店门口。"

"真是的，我完全没注意到！"

"我偷偷看了看你，要是认错人可就麻烦了。"

"嗯，我理解。"我笑着回应道。接着，又问他："你当时认出我了？"

他脸上露出稳重的微笑，点了点头。

"你没变，和十五岁时一样的发型和眼镜。"

或许他本意是要赞扬我，可是在一个二十四岁的女人听来，这可不是什么让人高兴的话。不过，我还是高兴地看着他。

"你也没变啊，我一下就认出了。"

这不是讽刺，我真是这样想的。我和渡边在三年级的时候是同班同学，那时的他也是圆脸、圆眼镜。

"是吗？"他说着，一副有些意外的表情。或许他曾打算在过去的九年里成长为一个成熟稳重的男人。倘若是这样，那我们就势均力敌喽！我可能也没自己想象中成长得多。与老友再会，其实就是与过去的自己面对面。

"你现在在做什么？"我问他。工作日的中午在商场里游荡可不像上班族，这一点从他的大地色工作衫和灯芯绒长裤中就能看出来。

他把视线落在手边的纸杯上。"嗯……"他说着，又把目光移到了我的手边，"我现在无业。大学毕业后入职了一家还算有名的制造公司，可我不太适合干销售，半年前辞职了。"

"我也是！"我喜出望外地大声说，"我之前也在食品制造公司上班，不到一年就辞职了，现在也是无业！"

我一直以为自己还算精明。然而，在这个拜金主义盛行的"成熟的大人"组织里，我才知道自己不过是个青涩稚嫩、只会挥动正义之棒的石头罢了。大家肯定也一样，看清了现实却依然坚持着，可我做不到。辞了好不容易找到的工作，现在还有些后悔。尤其是考虑到现在的收入只有从前的一半，心就更痛了。我正在认真考虑回老家的事。

"那是教科书？你在学英语？"他问我。

"这个？"我说着，拿起手边的书给他看。

"是的。"他点了点头。

"嗯，我想考托业试试看。目标是六百分。"

"木内，你在大学是英语专业？"

"跟英语没关系。"我摇了摇头说，"我是管理信息系，不过我认为语言能力在未来非常重要。虽然人生走了一些弯路，不过知道了社会的现实之后，我又重新立下目标，打算从头再来。"

"真有你的作风。"渡边说，"该说你能量充沛呢，还是其他什么呢？总之，你一直很积极向上。"

"是吗？"

"嗯。三年级的时候，你还担任了班委。你的行动力在那时就很突出了。"

是的，我曾是班级委员。我总是站在班级的中心，大概是因为我很容易遭人误解。我本来应该是站在教室角落的那种人，却总是因为不会八面玲珑、因为那青涩的正义感，而被同学们推出来当大家的代言人。

"与其说是行动力，不如说是一种责任感。既然被大家委以重任，就不能马虎敷衍。"

"嗯，有可能。不过，一般人恐怕连这个也做不到。"

这一点同时也是我烦恼的根源。因自己的懒惰而攻击他人，将责任转嫁给别人——成年人的社会充满了自我保护和欺上瞒下。即使是现在，我心里依然认为需要改变的不是我，而是社会。可这并不是容易的事，容易改变的总是一千二百克的日本豆腐。

"渡边，你呢？"我问他，"有什么目标吗？"

他一脸难色地将脑袋歪向一边，说："我本来就是得过且过的人，现在只想逃避。想生活在无人的森林，靠在河边捡拾流木生活，而不是生活在这样的城市里。"

"你太累了吧？"

"唉，公司的销售指标简直就不是给正常人设置的。不光是我，所有人的眼睛都像僵尸，在美容院美黑后的那种褐色僵尸。"

他本来就不适应这个社会，比我更甚。他的性格和长相一样柔弱，还被自私的人攻击过。换言之，他就是"弱即是恶"这一理论的牺牲品。他学习成绩好，只有这点让他感到安慰。我和他都一心只想考学，在心里把对方当成了志同道合的同志。实际上，他是我少数几个学校朋友中的一个。这不过是我单方面的感觉罢了，没什么机会进行验证。

"你现在住在这一带？"他问我。

"是啊，我大三就从家里搬出来住到这附近了。"

"我是大学毕业后才开始独居的，距这里五分钟路程。"

"那可真近呀，之前没见过才真是不可思议。"

借此机会重温旧交也不错。独居生活有诸多不安，眼下情绪也不稳定，我很想和人说说话。

"这九年里一次都没见过。"

"是啊，连同窗会也没开过。"

"大家都以为你会组织。"

"也许，我也感到责任重大。但其实做这种事并不适合我。"

"我觉得我能理解。"渡边说。

我疑惑地看着他的眼睛。他的眼神格外冷静，眉毛似乎变粗了，看上去成熟了不少。

"你看上去对谁都能推心置腹，可实际上就像一堵墙。你不是容易与人亲近的类型，反而非常疏离人群。"

"是吗？看来你一直在观察我。"

渡边红着脸转移了视线。我感觉好久没有看到面红耳赤的男孩了。

"啊，可我觉得对你就可以敞开心扉。"

"不是吧？"

"真的，真的。因为你是个好人啊，我喜欢好人。"

能心平气和地说出这种话来，大概也是面对着渡边的缘故。面对他，我能感受到一种仿佛置身于平稳气流中的轻松感。

"我一直都以为你讨厌我。"

"没有，没有。"我摆了摆手，表示否定。

"你还记得吗？去湖边那次，回程时我们俩在公交车上坐在一起，我当时特别高兴。虽然不记得聊了什么，但是当时我们都哈哈大笑。"

渡边陷入了沉思，仿佛一只想不起来蜂蜜放在哪儿的维尼熊。

"你想不起来了？"

"抱歉。如果发生过，我应该记得。"

"是很早之前的事了，忘了也是没办法的事。"

"不是的……"他说罢，再次陷入了沉思，"那时候，"他说着抬起了脸，一脸担忧地说，"和你在一起的难道不是另一个渡边？"

我当即摇了摇头。确实是渡边，没错。我从没和另一个渡边说过话，所以——

"你知道另一个渡边现在在做什么吗？"我终于小声说到了这个话题，耳朵有些发热。

"不知道，我只记得高中的时候在车站见过他一次。"

"哦，是嘛。"我冷淡地回答，"我上了其他县的私立高中，所以再也没见过同学了。"

"你说得也是。"

我时隔很久又想起了（另一个）渡边。我最后一次想起他是在两个月前，当时听到了松任谷由实的《毕业照》，就条件反射似的想到了他。生活一旦变得辛苦，人就会回忆过去。

"对了。"他说罢，犹豫了一下。

"怎么了？"

"我听说另一个渡边喜欢你。"

"不是吧！"

他的脸上出现了一丝痛苦的表情。我不知道为什么，莫非他也对我抱有好感？或许是当下我开心的样子让他感到失落。

啊！不过，这真是难以置信，（另一个）渡边竟然……那个光是与他四目相对就能把我的气息夺走的渡边？

那个渡边有种异域情调的神秘感，五官立体，（大概）具有敏感的灵魂，因此（一定）总是忧郁而孤独——不仅是我，班里四分之一的女生一看到他的眼睛，瞬间就会无法呼吸。

虽然他个子不高，运动也算不上优秀，学习成绩也马马虎虎，但他仍然光芒夺目。纤细的下巴和脖子，还有总是饱含忧郁的瞳孔，非常冷酷。然而，每个女孩看着他仿佛头顶都会冒出热气来。据我所知，有几个女生向他告白过，但都被拒绝了。

我是那种反应过度的类型，为了隐瞒自己的心意做过了头，反而看上去像在讨厌他。我在他面前基本上不怎么说话，由于演技拙劣而表现得十分冷淡。在和女生们聊天时，常常会说出类似"他肯定是个自大狂，我可不喜欢他"的话来。那时，我藏在身后的右手一定紧紧攥着手指。

"还有，虽然这也是传言，听说你也喜欢他。他知道这件事，并且还曾打算向你告白，但最终没有鼓起勇气来，放弃了。"

不会吧！我震惊得连话都说不出来。我那样隐瞒自己的心意，难道还是暴露了？我羞愤极了，想要大喊。我拼命控制着自己，把声音抑制在了喉头。

我该怎么办？事到如今我还为此惴惴不安，虽然都是徒劳。因为这是我绝不能外泄的最高机密！啊！一定是先有了我喜欢他的传言，之后才演变成了渡边喜欢我——他怎么可能喜欢我呢！我甚至觉得他讨厌我，因为他对我的态度明显要比对其他女生冷淡。我对他那种态度，他一定很讨厌我。

"谁说的？"

就算知道了也不能怎样，可我还是这样问。

"谁……"

（这个）渡边把目光投向我的身后，似乎在"打捞"记忆。他眯细了眼，微微张开嘴巴，嘟嘟囔囔地说着什么。我看着他，心里热了起来。怎么说呢……感觉不坏。他没准是个比我印象中更有魅力的少年。

"具体说来……"他开口道，"我想不起来具体的人，总之就是流传着。听说你曾说过，跟他在一起很开心。"

　　这句话……

　　我伸出手掌，制止他继续说下去。让我想一下！

　　这句话，我记得自己确实说过。不过，我说的渡边是面前的这位。当别人问我觉得 Minku 怎么样时，我确实说了这句话。

　　渡边名叫充（Mitsuru），小学的时候大家都叫他"Mikkun"，后来这个称呼的读音在不知不觉中发生了错位，变成了"Minku（水貂）"。男生这样称呼他，女生虽然不会当面这么叫他，但是背地里谈论他的时候还是会这样称呼。可即便这样……

　　咦？这是怎么回事？莫非我当时搞错了？我以为说的是 Minku，于是说出了"跟他在一起很开心"的话来，莫非她们问的是另一个渡边？不，不对，另一个渡边当时被大家称作"小河"，因为他的某些地方像极了已经去世的演员瑞凡·菲尼克斯（River Phoenix）。中学生的想象力就是这样单纯。他真正的名字应该是渡边贤治。

　　小河和 Minku，从女生们的嘴里说出来的态度是完全不同的，因此我不可能搞错。

　　就在这时，我突然意识到了一件可怕至极的事，于是以巨大的力量深深地吸了一口气。

　　"怎么了？你没事吧？"他问我。我低下头，唯有眼睛看向他。我的视线在他的脸部游走，大脑中迅疾展开了对数据的解析。他是谁？九年前的往事在记忆中已经非常模糊了，就像醉汉在杯垫上画的大头像：毫无察觉的变形、细节省略，以及某种不确定的走线。

啊，想不起来！有没有什么痣或者伤痕之类的标记？他的外形像极了 Minku，可如果他是小河，那么一切都会变得合理。我大惊，浑身不禁颤抖了起来。他看上去越发担心我了，我伸出右手，表示"我没事"。然而，我才不是没事。如果他是小河，那么我可能再也无法面对他了，因为刚才的我就像在对着他说"喜欢你"。如果记错倒也罢了，三分钟前的事怎么可能搪塞过去？

如果他所说的"另一个渡边"是 Minku，那么传言是可信的。我和 Minku 的关系还不错，我隐隐察觉到了他喜欢我。和我在林间校的公交车上谈笑风生的人如果不是面前的渡边，而是另一个渡边，那么他当然不记得。他确实也是这样说的。

我伸了一下懒腰，"嗯"了一声。

"没错。"我说着，端正了坐姿，"我可能说过那种话，因为跟他聊天很高兴。"

就在刚才，我还在说面前的渡边，因为我以为他就是 Minku。然而，现在他有百分之七十五的概率是别人（虽然只是我的主观想法）。

“Mi……他肯定也有同感，我们是能自在聊天的异性朋友。”

渡边点了点头，看上去不太高兴，似乎还有点儿生气。

“倒是和我在一起的时候很不自在，果然有性情相投这一说啊。”

我终于点了点头，脸颊应该已经红透了，幸好灯光是淡淡的。耳朵烫极了，我用手扇了好几次。

“我想确认一下……”

我的喉咙发出了干涩的声音，接着又咳嗽了一声，清了清喉咙。

“渡边，你高中是在……”

“东高。我和石川、佐久间在一起。”

“啊，是嘛。嗯，没错。啊，这样啊，石川也在东高啊？”

天啊！我对面的人果然是小河！我还对他说了“喜欢”！我胸闷难耐，似乎是换气过度导致的。啊！我真想消失！这样还不如穿着内裤从站前走过（虽然也如噩梦一般）。

我把视线落到自己的手边，总之现在能做的就是管理好仪态。我喝了一口焦糖玛奇朵，润了润嗓子。

无论如何，发生过的事已经无法改变。以后每当想起今天，我一定会尖叫着抓头发吧——不过那是以后的事了。当下是当下，我应该做的是不让小河发现我把他完全错认成了 Minku。

如果被他发现，我会更加无地自容。想不起来还情有可原，完全认错人还聊这么久，简直就是罪大恶极！更何况，我竟然把那个跟阿多尼斯、那喀索斯一样的美男子错认成了姆明谷①村民一样的Minku！他一定会受到重创，我也会更被他讨厌——这简直令人无法忍受。

我依旧低着头偷偷看他。只见他正在看墙上的菜单。

不过话说回来，他变化太大了，竟然变成了这样一个魁梧的男人，真是难以想象。过去的他可是能媲美《死于威尼斯》中的塔齐奥的纤细少年。

眼前的他有一层薄薄的胡须、毛糙的头发，眼镜也不适合他。他的眼睛——可能只有眼睛没有变。他那美丽卷翘的睫毛、间距略宽的眉眼、深深的双眼皮……啊，仔细看去，他果然是小河。

如今翻涌而上的爱情，是初恋，是怀旧，是一种无比怀念的情感。可这究竟是怎么一回事？他这样独特，可我在没有意识到他是小河时，心中竟完全没有波澜。这正常吗？如果再发生三百六十度的转变，他变成了Minku，那么我的这份感情该如何自处？难道这就是康德所说的哥白尼回转论？

"什么？"他问我。

---

① 芬兰儿童文学经典姆明系列故事中姆明一族生活的地方，姆明是长得像河马的精灵。

他声音低沉，而过去的渡边正处于变声期的末期，声音像女孩一样细。

"没事……"

当我意识到他就是"那个他"之后，突然变得不会聊天了。我的塔齐奥，我的那喀索斯！

"你长大了不少啊。"我的全部情感只变成了这一句话。

他点点头，挠了挠下巴。"我相当晚熟，高二的时候突然长高，之后就在横向发展。就像这样。"他说着，向我伸开双臂比画。

我对他感到幻灭了吗？很难说……确实，如果他现在仍然是塔齐奥一样的美男子，我的心大概会像墨西哥跳豆一样跳得更剧烈吧。可我不讨厌他这个类似 Minku 的外形，反而容易亲近，至少自己能掌控对话。塔齐奥与姆明谷村民的杂交、冷酷魅力与平易近人的化合物。

"眼镜……"我说到这儿，用食指指向自己的太阳穴，摆了摆手，仿佛在询问他。

"啊，嗯。这个也是从高二开始戴的。就在我突然长高的同时，视力也急剧下降了，因为那时正在努力学习准备考试。现在，我连自己的指甲也看不见。"

我点点头，鼻上挤出了皱纹，似乎在说"这样确实很不方便"。

"倒是你，还是那么适合戴眼镜，真让人羡慕。中学时班里戴眼镜的女生只有你，很帅气。"

真的？！我拼命抑制着自己想要探身出去确认的心情，嘴上只说了句"谢谢"。然而，我的头脑已经被一阵不知叫"珍妮"还是"弗朗西斯"的台风刮得乱七八糟，或许他没有我想象中那样讨厌我。我欣喜若狂，曾经的小河竟然觉得我帅气！

"当时要能像现在这样轻松地聊天就好了。"

这句话真让人高兴，他真这样想吗？

"还不是因为你以前散发着一种'生人勿近'的气场……"

他听了，脸上浮现出一丝苦笑，哼了一声。

"那可真是悲剧。为什么我这种人长了那样一副皮囊？"

嗯？真的吗？难道不是敏感的灵魂寄宿在纤细的身体中吗？忧郁而孤独，拒绝一切的骄傲的自尊心……

"我觉得现在的长相更适合自己的内在。我本来就是具有合作精神的、易于妥协的，而且总是期待能去爱别人。"

"完全不像。"我嘀咕道。完全不像你说的那样。

"我从小就是，"他说，"感觉一直在让内在去适应外貌，让心去配合相。啊，这话听起来好像在耍帅啊，看来我以前的习惯还没丢掉。"他说着，羞涩地笑了。

"但是，"我说，"我能理解。因为……"我看着他的眼睛。他的眼睛果然很有魅力，仿佛就要被吸进去了，这种感觉我能说吗？"长了一张那么英俊的脸，就不禁想要去饰演那样一个角色，就像电影的主人公饰演英勇的角色一样。"

这是我勉强想出来的话。"英俊的脸"这种措辞是客观理性的，我的情感隐藏在其背后，尚且安全。

"你说得对极了。"他说，"我有表演的成分。一个有些孤独的对周围发出冷笑的少年，我脑海中的形象是爱德华·福隆。"

哦，方向没错。或许不应该称他为小河，而是爱德。

"对女生也很冷淡。"

听我这样一说，他闭上了眼，用右手食指挠了挠额头。

"哎呀，可能吧。"他说罢，抬起头来看着我，"反正，我不喜欢的女生喜欢我也并不会让我开心。"

我的脸上突然升起了一股热浪，这是为什么？我热极了。

"啊，那……就是说，你有喜欢的人。"

我们到底在说什么？！明明想要逃离，为何反而奔向了核心？或许是表面的情感和潜在的意识发生了激烈的冲撞，就像同时踩下了油门和刹车。

他摸着脸颊，模棱两可地回答着。

"我外表看上去是那样，其实心里是个莽撞的小孩，看见周围的女生就会面红耳赤。"

"啊，是吗？"

我想问他口中暧昧的"周围的女生"是谁，可又羞涩得难以启齿。

我想到这里时，他似乎还要说下去。脸上写着"此话题正在进行中"，等待着我的发言。

我无奈之下只好小声问："她是谁？"

他一副兴味盎然的表情，向前探了探身子说："什么？我没听见。"

"我问你她是谁。"

"哦。"他又坐了回去，背靠在椅子上，"这不能说。爱情的秘密是没有时效的。"

"是啊。嗯，我也这样认为。"

我惊慌极了，像个傻瓜，感觉被他敷衍了。他不再是爱德华了，而是维尼熊。这种感觉让我想起了以前。这样说来，他的本质一直没有变。

"尤其是，"他说着，眼镜后面的眼睛眯了起来，"她似乎讨厌我。我只能在一旁看着她，不能把自己的弱点展示给她。"

这时，一团巨大的红色火焰从我的头顶喷涌而上，描绘出一条优美的弧线之后被吸入了右半球——虽然这只是我的想象，总之就是这么一种感觉。可是，这怎么可能？

"原本……"他继续说，"如果你一直沉默下去，我就能保守这个秘密。"

啊……果然……

我在期待什么？他应该没有察觉到我头顶一瞬间升起来的东西。如果察觉到了，我就真的无法再面对他了，感觉会在这一刻充分体验到十年份的羞耻。

"你呢？"他问我。

光被他这样一问，我就满脸通红了。你啊！为什么一想到自己，就会莫名其妙地出汗？就像从屋顶看着地面，考虑要不要跳下去时的感觉。

我慌忙摇了摇头，说："我也一样。"

"一样？"

"爱情的秘密没有时效。"

"啊。"他说着就笑了，"那现在呢？"他依然笑着，继续问我，"有恋人吗？或者有喜欢的人吗？"

这个瞬间我最喜欢的人肯定是问我"有恋人吗"的他。时隔九年的重逢，我竟然没有认出他就是我的初恋。他不仅模样大变，还是个前途未卜的无业游民。

即使如此，我还是喜欢他。我那冰冻的心瞬间解冻了，心中的悸动是爱情无疑。

"没有。"我的声音有些颤抖，"光是自己的事都忙不过来，所以一直也没有想要恋爱的心情。"

他有些夸张地重重点了点头。之后，他喝着自己的咖啡，看上去有些坐立难安。他用手指轻轻敲着桌子，又看向刚才的菜单。那又不是《战争与和平》，应该没有必要认真研读。

这时，他突然唐突地探出身子对我说："喂……"

他居然说"喂……"，我不禁做出防卫姿势。明明刚才还一直称呼我"木内"。

"喂，你刚才搞错了吧？"

我在这一瞬间僵住了。呼吸停止了，眼睛一眨不眨。

"你把我认成了 Minku，而且一直在对 Minku 说话。"

现在的我感觉能用大约九秒跑完一百米。如果能远离他，我甚至能成为光。

"那种事……"

怎么可能——后面半句我没能说出口。

"你刚才确认了我的高中，你就是从那时意识到我不是 Minku 的吧？"

我笑了，嘴唇颤抖着，可脸上还挂着笑。"嗯？"我的声音听起来快要哭了，"你在说什么？渡边不就是渡边吗？怎么可能搞错。"

"不、不是的。"他自信地摇了摇头。

"木内，你搞错了，把我当成了 Minku，并一直在对他说话。"

"对不起！"

我被一声道歉惊吓到了，原来那是我自己的声音。似乎在我本人屈服之前，内心深处的另一个人格率先举起了白旗。

"没事，这倒没什么。"他说。

可他的眼神……那么认真，甚至认真得有些可怕。他嘴上说着"没事"，实际上心里绝对无法原谅我。

"比起这个，我倒是想问问你，"他说，"你刚才说中学时对他就可以敞开心扉——还说了喜欢什么的，你说的那个渡边不是我，而是 Minku 吧。"

"嗯、嗯。"我点了点头。我好想哭，有一种在审讯室里被刑警盘问的感觉。

"在林间学校的公交车上和你谈笑的人也是 Minku？"

我只能一个劲儿地点头，眼泪虽然忍住了，鼻涕却流了出来。

他继续说着，我也终于被问罪了。可是，我犯的是什么罪？

"当我说'听说另一个渡边喜欢你'的时候，你高兴地说'不是吧'。"

"嗯、嗯。"我点了点头，转瞬意识到自己被带入了一个恐怖的话题中。他的声音里渐渐夹杂着热气。

"我说的是 Minku，而你把我们俩搞错了，仔细一想……"

我想尖叫，试图遮盖他的声音。我想用手塞住两只耳朵，装作什么都听不见。然而，作为一个成熟懂事的成年人，我只能沉默地听着。我突然好想上厕所。

"也就是说，你……"

在他开口前，我点了若干次头——是的，没错，正如你所说。

他突然陷入了沉默，我看着他的脸，他的表情极其复杂，一副百感交集的模样。

"木内，"他低声道，"你不讨厌我？"

他的表情过于悲伤，以至于我想上前去抱住他。我使劲地摇了摇头，告诉他那是他的错觉。

"我不讨厌你。"

"什么？"

"喜……"

"喜？"

我住了嘴。渡边重重地舒了一口气，摇了摇头，说："好。"

什么好？

他竖起了食指，想说什么，却停在了那里。

过了一会儿，我问他："怎么了？"

他点了点头，用竖起的食指摩挲着嘴唇，说："我相信你不会乱说话。我回答你刚才的问题。"

"没有时效的爱情秘密？"

"是的，"他点了点头，"我的弱点。"

心脏像墨西哥跳豆一样剧烈地跳动起来，有一瞬间我以为地震了，没想到是我自己在抖。

"中学时……"他说。

"嗯。"

"我喜欢一个女生。但是我和她甚至没有好好说过一次话，因为……"他说着，做了一个双手环抱的动作，"我拼命饰演自己，而她看上去很讨厌我，总之就是很冷淡，我很伤心。"

"怎么……"

"就这样，直到毕业我都没有鼓起勇气向她表白，后来我就与她渐行渐远了。"

我点了点头，吸了吸鼻子，声音大到他似乎受到了惊吓。我用两手遮住鼻子，说："你继续。"

"后来，过了很久，我长大了（说到这里，他似乎被自己的话逗笑了），也谈了几段恋爱。可是时常会想起她，不知道她现在怎么样了。我也常常拿出毕业相册来看，我喜欢的不是大合照，而是远足时吃便当的照片。她一副疏离的表情看着镜头，这里……"他指了指自己的脸颊，"她这里粘了饭团的米粒，可爱极了！比钻石耳环更衬得她可爱无比。"

我满脸通红地低下了头。

"我和她在九年之后重逢了，我马上认出了她。我不会看错，可我犹豫了……"

"因为你以为被讨厌了？"

"嗯，是的。可是，如果我不在这里鼓起勇气，恐怕一生都会后悔。所以……"他说着，用拳头捶着胸口，"我就鼓起勇气上前搭话了。"

"嗯。"

"可我还是受到了一点儿打击，她竟然把我当成了别人。"

他一脸怨念地看着我，看到我惊慌失措的表情后，又大笑着摆了摆手。

"不是她的错，只怪我变化太多。"他重重地吐出一口气，用力靠在椅背上，"这是秘密。"他说，"我希望你不要告诉她，因为不想被她看到我的弱点。"

"明白了，我会替你保密的。还有……"我抬起头来，看着他的眼睛，"渡边，你又没说她的名字，所以我也没法告诉她。"

他说着"那就好"，然后递给我一张餐巾纸，说："鼻子下面在闪光。"

哇！糟糕！这种时候我怎么能掉链子呢？我慌忙接过餐巾纸，放在鼻子下面。

"我们还会再见吗？"渡边问。

我点了点头，餐巾纸依然在鼻子下面。

"我现在在育苗场兼职。"

"育苗场？"

"是一家培育园艺植物的公司，我在那里培育花苗。"

"哇，真厉害！"

"我很适合与花草做伴的生活，我一直都梦想有一天在森林里建造一个小小植物园。"

"啊，森林……"

"下次我们去约会吧！"

"嗯。"

"去植物园吧！做好便当带过去，我想看你脸颊鼓鼓的样子。"

我又满脸通红地低下了头。

小河、我的初恋，虽然现在的他与毕业照上的模样大不一样，但是我感觉会比以前更喜欢他。我有预感。

百濑，你转过来

中田永一

中田永一

高中毕业后成了一名杂志作家。2002 年在编辑的推荐下开始写
小说。2003 年以其他笔名在某杂志上发表了短篇科幻小说，从
此进入文坛。之后以半年一本的速度相继发表短篇和中篇小说，
本作是他的第一部恋爱小说。如今他一边写作，一边为动画和电
影制作脚本。与人合著有《爱或喜欢》等。

.

1

大学毕业前夕，我决定回老家待一阵子。新干线在博多站停下，我走出车厢后立刻感受到了一阵刺骨的寒风。回家前，我先去了西铁久留米站与朋友见面。距离约定的时间还有三小时，于是我在天神街上闲逛。就在这时，我遇见了神林学姐。

"听说你今年就毕业了？"

她的肚子凸了起来，我们在呼出白气的人潮中停下脚步，为了重逢而欣喜不已。

高中开学后不久，也就是八年前的五月末。

"就是她，传说中的三年级学生。"

午休时间，我和朋友田边一起去小卖部买了面包。在回教室的路上，田边这样说。他的视线追寻着一群正路过的女生，其中的高个子女生尤其突出。

"真漂亮。"田边脱口而出。

神林彻子——班里的男生们都在谈论她，我有些好奇连一年级学生都知道的女生到底长什么模样，实际见过之后我才恍然大悟。她长发及腰，从教室的窗户前走过时，周身萦绕着一层光环。

"回教室吧！反正她是和我们无缘的那种人。"

我说着，用手肘捅了一下田边。高中最美的女生和我、田边这样的普通人是不会有交集的。

我们回到教室吃完面包后，田边拿出了文库本来看，我则趴在桌上打算午睡一会儿。男生们把讲义揉成团当棒球玩了起来。我在他们的欢声中闭上了眼睛，突然脑袋似乎被什么东西击中了。揉成球的讲义掉在了地上。

"别在这儿睡觉妨碍我们！"一个男生边捡起纸球边对我说。

当时的我和田边在班里等同于障碍物。班级的风云人物都是活泼的学生，像我和田边这样仿佛昏暗的电灯泡一样毫无气场的人，只能在不影响其他人的地方默默度日。无论学习还是运动，我们的能力都在平均水平以下，社交能力也不及五岁小儿，头发毛毛糙糙，服装老气横秋，我们怎么可能不在班级底层？

"学姐竟然要生产了，真是不敢相信。"

我和神林学姐走进一家咖啡馆，脱下外套，窗外就是正在举办年末大促销的天神商场。

"是吗？为什么？"

她点了咖啡。

"所有人都会这样想哦。"

神林学姐在谈恋爱——当年这个消息在学校里流传时，一定有不少男生叹了口气。

"听说她正在谈恋爱，虽然只是传言。"

下课后，我和田边聊天时听见了教室中央传来的男生们的声音。他们似乎在谈论神林学姐。"不会吧，真的假的？"另一个人说。

我和田边四目相对，竖起耳朵听着。

"和她谈恋爱的人是谁？"

"嗯……"被其他人包围着的男生陷入了思考，过了一会儿，他似乎终于想起来了，开口道，"啊，对了对了。一个姓宫崎的高三学长。就是那个篮球部的人，很有名的。"

神林学姐端起咖啡杯，送到嘴边。

"什么时候生产？"我看着她凸起的肚子问。

"四月，正好是樱花季。我很高兴，因为我喜欢樱花。"神林学姐把手放在了肚子上，"樱花的花语是高尚、纯洁、心灵美，还有其他。"

"学姐，那天你也说过花语吧，就是我们四个人一起去玩的那次。"

想起那天，就会觉得无比怀念。那天，神林学姐和宫崎学长一起下了公交车回家了。她当时在和宫崎学长谈恋爱，宫崎瞬。当我第一次听说他们在交往时大吃一惊，之后才明白——原来是宫崎瞬啊，原来如此。

"升，好久不见。"

放学路上，我刚走出电车站检票口就被人叫住了。我抬起头，面前站着一个身穿同样校服的熟人。

"宫崎学长……好久不见。"

"跟以前一样喊我瞬哥就好。"

"还是不了。"

我和他并肩向车站停车场走去。同样的步数，他却走在了我的前面。

"这步幅差是怎么回事？"

"腿长不同吧。"

他没有回头，就这样说出了事实。我从停车场里推出了自行车，他的则是一辆原付摩托。

"阿姨身体好吗？"

"挺好的。"

"没有再婚的打算？"

"还是我们母子俩。"

宫崎瞬像我的哥哥一样。我们两家离得近，妈妈们关系也很好，所以我有很多机会接触他。我和妈妈也是相依为命，当妈妈回不了家的时候，我就被寄存到他家，在他的房间里睡觉。

"好不容易上了同一所高中，可惜只能在一起待一年。"

宫崎学长戴上头盔，他似乎来年就要毕业上大学了。我一边听他说话，一边看着他骑的原付摩托——旧款型，到处可见凹陷和损伤，可是在他的胯下却显得复古时尚，就连凹陷和损伤都为此增加了几分韵味。他发动了摩托引擎。

"之前我在走廊里和你的女朋友擦肩而过了。"

宫崎学长回过头来看着我。

"你要看好自己的室内鞋哦，我们班里有很多神林学姐的粉丝。"

宫崎学长苦笑着点了点头，紧握着摩托的车把做出前进的姿势。

停车场附近的路障降了下来，警报响起，嘟——嘟——嘟——声音很大。

"哦，对了……"我差点儿忘记了一件事。

宫崎学长打算加速的手停了下来。

"一个月前，你和一个女生一起走在这条路上……"

嘟——嘟——嘟——当时我正从租赁录像带的店里往家走。骑自行车回家的途中，前面路口的路障降了下来。嘟——嘟——嘟——听到警报声后，我停下来等待电车通过，那时看见了路障对面有一个神似宫崎学长的人影走了过去。我想喊他，却放弃了，因为我看到他的身边还有一个女生。当时，我还以为她就是宫崎学长的女朋友。然而，现在回想起来，那个女生是神林学姐吗？似乎是其他人。

"那个女生的头发只到肩膀吧。"

头发能在一个月里长到及腰吗？

电车呼啸而过，警报声和红色的闪灯都消停了。原付摩托的引擎声回响在停车场里。不知何时，周围的天色暗了下来。

"你有女朋友吗？"他开口道。

"我？交女朋友？怎么可能！"

"是嘛，那正好。"

什么？我还没问出口，宫崎学长就骑着摩托向前奔驰而去了。

三天后的午休时间，宫崎学长突然来到我的教室。女生们回头看到高大的宫崎学长站在门口，都一脸震惊地停止了聊天。他虽然已经退出了篮球部，可就在几天前他还是社团里的王牌，再加上英俊的长相，十分惹人注目。刚开学没多久，女生们就开始谈论他了。就像男生们疯狂迷恋神林学姐一样，女生们也只谈论宫崎学长。

"升，我找你有事。"

宫崎学长发现了角落里的我，向我挥了挥手。同学们一齐向我投来了目光。正在与我讨论书籍的田边也一副"嗯？谁？"的反应看着宫崎学长。我对他说了一句"我去去就回"，起身离开。

我走出教室后，被宫崎学长带到了图书室。我们穿过书架往里面走，一个女生正在等我们。不是神林学姐。

"相原，你为什么要考那所高中？"

神林学姐看着窗外问我。天神的天空阴沉沉的，似乎马上要下雪了。

"不知不觉就……"

"不是因为瞬吗？"

"也许吧。"

"你很欣赏他吧。"

她微笑着看着我。后来，我们又谈论了一阵宫崎学长。我对她眼中的宫崎学长很感兴趣，让她说起来，宫崎学长是个非常奇怪的人。确实如她所说，高中的时候宫崎学长就在看公司经营战略和市场之类的书了，他确实非常奇怪。

"从那时起，瞬就操心起他爸爸的公司了。"

据说宫崎学长高三时就跟她提到了 POS 系统的重要性，并且极力对神林学姐说："POS 系统可以管理销售信息……"

"而我对那些一窍不通。"神林学姐说着笑了。

"相原，有事问你。"

宫崎学长带我去图书室的第二天，我一走进教室，女生们就问我话。

"听说你和宫崎学长住得很近，真的？"

"嗯，没错……"

女生们围在我身边，要求我描述与宫崎学长相处的细节。她们迫不及待地想要得到有关学长的一切信息，于是我说了。比如，我喊他"瞬哥"，小学时我去他爸爸的西装店里打杂并拿到零花钱……女生们津津有味地听着，我再次被宫崎学长的高人气震惊了。

早间的班级活动开始后，我终于解放了，回到自己的座位上。第一节课开始前，我担忧起了一件事。

"你怎么了？看上去心神不宁的。"

午休时间，在我和田边一同去买午饭的路上，他问我。他性格稳重，身体内的时间流速缓慢，说话也总是慢悠悠，就像大象或者鲸鱼在说话一样。他的外形也像大象或者鲸鱼，大块头，走路时总是驼着背。

"下课时你的样子也很怪。"

田边一边走，一边慢悠悠地说。走在走廊里，与我们擦肩而过的女生们偷笑着回过头来看他。大块头走路时佝偻着身子，那样子看上去非常滑稽，所以总是被人嘲笑。

"你有烦心事？"

小卖部在教学楼一楼的角落，平时一片寂静，只有午休时间喧哗一片。

"我有事瞒着你……"

我看着田边的脸。他是我上了高中后唯一的朋友。为什么我没有交到其他朋友，原因不言自明，那就是我这个人的等级比较低。

人的等级，即外观与精神质量的总和。如果宫崎学长和神林学姐的等级是九十，那么我就是二。相貌平平、性格阴暗，以至于要在大脑中构建等级这一价值体系，因此等级只有二，位于金字塔的最底层。为什么不是一？因为我能意识到自己是在最底层——这点儿自知之明值得二级。

初中三年，我总在班级里的最底层。和同样位于底层、五级之下的朋友讨论漫画和游戏之类的话题。等级高的同学只会把我这种等级低的人当成障碍物。

上了高中的第三天，我在教室里找到了田边——同样散发着昏暗电灯泡的气场，等级二，自己的同类。于是我鼓起勇气跟他搭话，果然我们很合得来。原来不和大家亲近的人不止我一个，不受女生欢迎的也不止我一个。多亏了田边，我才能这样想，多亏这样想，我才能安稳度日。

"我有事瞒着你……"

就在我打算说下去的时候，背后传来一个声音。

"相原？"

我回过头去，一个女生站在那里。

"百濑……"

我看着她的脸，嘴里嘟囔道。她的眼神像极了野猫，充满了挑衅。百濑阳。她抚弄着及肩长发，脸上浮现出了笑容。

"正好，我们一起去吃饭吧。"

百濑抓着我校服的下摆说。她的突然出现让我惊慌失措，田边则是一脸要求我解释的表情。

"其实……"我从没想过自己有朝一日会说出这样的话来，"我一直没告诉你，我在和她交往……"

"该回去了，这儿由我来付。"

神林学姐拿着小票站了起来。不愧是资本家的女儿……然而，我阻止了她。

“再聊一会儿，行吗？”

百濑酷似野猫，尤其是眼睛。每次看到那双眼睛，就感觉被挑衅了似的毛骨悚然。在田边询问我之前，我回头对着百濑说：“抱歉，我想和朋友一起吃。”

“真可惜。那你今天几点下课？”

“四点左右。”

“到时候你来天台找我，我们一起回去。”

百濑挥了挥手就离开了。我和田边站在走廊里目送着她的背影。直到她不见了，我才向田边低下头。

“总觉得对不住你。”

“她真可爱。”

他把视线从我身上移开，又去看百濑离开的方向。抱歉！我在心中数次向他谢罪。我能想象他的心情，站在他的立场上，一定是在担心被我抛下、孑然一身吧。这世上有人一辈子没有女生缘，没有握过女生的手。田边和我都有自知之明，知道自己就是没有女生缘的人。等级二的人注定要背负这样的命运。

一天的课程结束后，我走上天台。百濑正在那里迎着夕阳听随身听。这种东西是不能带进校园的，不过她看上去毫不在意。

“我们走吧。”

她察觉到我来了之后，摘下耳机站起身来，拂去裙子上的灰尘。

　　我们并肩走下台阶，就在这时，我的右手手指有了一阵柔软的触感。那是百濑纤细的手指缠绕在了我的手指上。我对女生毫无抵抗力，对我来说，拉手这种行为相当致命。我想松开，可她却抵抗着。不知不觉中，一个认识的男生从我们身边走过，我回过头去看他，只见他也看着我们。

　　"他是谁？"百濑问。

　　"同学……虽然没说过话。"

　　"明天我的事就会传开了。"

　　我们换上鞋后走出教学楼，手指依然缠在一起。和女生同行这件事让我心潮澎湃。天空晴朗，远处传来了棒球部队员用金属棒击球的高亢声音。走出校门后，我们向车站方向走去。

　　"就到这儿吧。"百濑停下脚步，甩开我的手。她从我身边离开后，背对着我说："啊，好想赶快回家洗手！"

　　"把人说得像细菌一样……"

　　我受伤了。

　　"你的手出了好多汗。"

　　她掏出手绢，仔细地擦拭了一番。

　　"明明是你先来拉我的。"

　　"什么嘛！能不能不要在学校外面跟我说话？！"

百濑瞥了我一眼，像是看见了什么肮脏的东西。我还没来得及生气就先被吓呆了。

"在外面遇见神林学姐可怎么办？"

"那时就马上牵手喽！我今天累了，在你身边待着太难受了。我约会要迟到了，先走了。"

她跑开了。接下来是要去见他吗？百濑暗中交往了一个男朋友，知道这件事的人只有我。学校里的其他人和神林学姐都不知情。

"希望你对神林保守秘密，直到我把心情整理好……"

午休时间，宫崎学长把我带到图书室后，向我吐露真心，他的身旁就站着这位长发及肩的女生。她双眼上挑，像野猫一样富有魅力。我突然意识到，一个月前在路障对面与宫崎学长并肩同行的女生就是她。

"我跟她在车站说话的时候好像被人看到了。"

一个晴朗的星期天，他们二人在我们家附近的车站被人目击。

"流言传开了，感觉大家都在怀疑。"

百濑家在学校的另一侧，她为何周末出现在这里？当然是为了来见宫崎学长。传言其实就是事实。

"所以我有事要拜托你。"

是你，我的发小儿，在和她交往。这样一来，她出现在我们附近的车站也就不奇怪了。她是来见你的。既然她是你的女朋友，那么认识我也无可厚非。我们偶然在车站的站台相遇，接着一起等电车，这有什么不正常吗？当然了，这是在你们俩交往的前提下——这就是宫崎学长拜托我的事。我一时无法理解，于是他身边的女生又向我解释。

"也就是说，我和你假装交往，以此来消除神林学姐的怀疑。我姓百濑，叫百濑阳。请多关照！"

这场作战对从来没有和女生亲近过的我来说，着实是个过于沉重的负担。

2

无论在哪个方面，我和百濑都是完全相反的类型。譬如，走在学校的走廊上时，她甩着胳膊走在路中央，而我佝偻着身子默默走在角落里。

"你不是要去图书室吗？为什么走那边？这边不是更近吗？"百濑指着两栋楼之间的走廊对我说。

"你视力不好？"

"两眼都是二点零。"

"为什么看不到那边聚集的人群？"

走廊上有很多染了头发的不良学生，他们或坐或立或盘腿，要想从那儿通过，就必须从他们改良的校服中间走过。

"别开玩笑了！"

百濑抓着一脸震惊的我的手腕，要穿过走廊，我拽着窗框企图抵抗，却无济于事。

"喂！你们，让开！"

百濑对那些不良学生说。我后悔了，应该把钱包放回教室的。然而，他们没有跟我要钱就放我们通过了。

"谢谢。"百濑从容不迫地从他们中间穿过。

"百濑，这家伙是谁？"嚼着口香糖的不良学生指着我问百濑。

"看不懂吗？"百濑把手撑在腰上，对不良学生们说。

"不懂。"不良学生摇了摇头。

"不懂啊，不懂。"其他不良学生也都摇了摇头。

"看起来像是抓住了色狼，要带他去老师办公室。"一个不良学生说。

"算了，我们走，相原！"

百濑说着，就拉着我再次向前走去。待我们终于通过那条走廊后，我才开口道："你认识那些人？"

"经常见，他们在天台上给我烟抽来着。"

这对初中三年从未违反过校规的我来说是一件非常遥远的事。

"你别误会。我虽然逃课，可是不抽烟。他们不是我的朋友，没有人是我的朋友。"

仔细看去，她的服装没有违规，也没有戴女生们常戴的首饰，一头黑发，一双亮闪闪的眼睛很是特别，像野生动物一样简单又帅气。

第一周十分难熬。虽然是假装交往，可百濑光是坐在我对面或走在我旁边，就足以让对女生毫无抵抗力的我面红耳赤。我总是不知所措，说话时紧张得不行。因害羞而无法直视她的时候，她就会把我带到没人的地方，变身坏女人向我抱怨："你那样子看起来一点儿都不像在和我交往！你到底有没有干劲儿啊？！"

我们一起去学校食堂吃乌冬面，边吃边聊音乐、电影和书籍。结果不言而喻，我们之间毫无共同话题。我喜欢游戏和漫画，而她喜欢看体育比赛。

看体育比赛！这对全身上下都是文化细胞的我来说，完全就是另一个世界的事情。我从来没有自发地看过一次比赛。

我不知道该如何与没有共同爱好的女生聊天，可我又必须让班里同学认为我们是亲密无间的情侣。无论是在食堂面对面坐着，还是从走廊里走过，我们只能谈刚发生过的事，勉强挤出笑容。

"真痛苦……"

六月初的时候，她说了这样的话。那是在我们佯装交往的第二周，百濑眺望着开始泛红的西方天空，靠在天台的栏杆上，低着头沮丧地说。天台上的风吹过她的发梢。

"你和宫崎学长一般在哪儿聊天？"我问她。我们只有这一个共同话题，那就是宫崎学长。

"打电话什么的。"

"只打电话？"

"两周见一次。"

我想象着二人的关系。隐瞒众人私下交往，虽然麻烦，倒也进展得十分顺利。我们谈论着宫崎学长。当我说到他无论是踢足球还是打棒球都是明星、是周围孩子们崇拜的对象时，她看上去心情好极了。"这是宫崎学长买给我的。"百濑说着，就从一旁的书包中拿出一本翻得破破烂烂的书——森鸥外的《舞姬》。我则指着书包上的小挂件对她说："这是宫崎学长小学时给我的。"她听了，就把小挂件摘下来说："送给我吧！"接着，我们进行了一番争执。

"该回家了。在出校门之前，我们还得装作关系很好才行。"

她单方面终止了争执，我们朝校门走去。手牵手那种特技动作只在最开始时用过一次，从那之后就只是并肩同行而已。百濑似乎不喜欢与我肌肤相触，我的心脏也受不了，因此我认为这是一个很好的选择。可是，那天却发生了出乎意料的事。

当我们走到一楼走廊时，百濑突然握紧了我的右手，她若无其事地扬了扬下巴，示意我看前方。只见宫崎学长和那个一见永难忘的女生走在一起。

神林彻子学姐。仔细观察，会发现她和百濑形成了鲜明的对比。走路的姿势完全不同。百濑是跃动的，神林学姐是稳重的，就像是擅长茶道和花道的人。如果我的人生是一部漫画，那么百濑登场的画面背景应该有野猫的叫声，而神林学姐的登场背景应该有美丽的插花。

"要回去了？"

宫崎学长停下来问我。神林学姐也停了下来，站在他的身旁。他们二人外貌出众，站在他们的对面颇有压力。他们的等级达到九十以上，而且随时都可能上电视，极富杀伤力。走廊上的学生们回头看向他们，表情似乎在说："真是一对奇迹般的情侣！"

"学长也要回去了？"

我紧张地应道，甚至没敢看神林学姐的表情。我和百濑的演技就是为了消除她的怀疑，因此在她面前无论如何也不能出错。一旦演技被识破，就会身陷修罗场。我牵动舌头的肌肉差点儿抽筋。

"你就是相原吗？我听瞬提起过。"

神林学姐微笑着对我说。我拼命阻止身体的颤抖，我害怕她的目光，身体僵硬，无法回答她的问题。这时，百濑砰地拍了一下我的后背。

"喂喂，嘴张开了！"百濑瞪着我说，看那架势似乎马上就要扇我耳光。

"啊！对、对不起……"

"看得那么入迷，你给我适可而止！"

宫崎学长和神林学姐都笑了。我很感谢百濑，谢谢她的配合。

"他总是这样，一看见漂亮的人就说不出话来。"百濑在神林学姐面前大大方方地说。

神林学姐看着百濑大大的眼睛，眼神似乎在说"我可什么都知道哦"，我吓得倒吸了一口气。结果证明，这些都是我杞人忧天。

"你就是百濑？"

神林学姐毫无戒心地看着她，笑道。她那孩子般的笑容似乎能将一切净化，我词穷了。

"你知道我？"百濑问。

"算是吧……"

神林学姐欲言又止，和宫崎学长交换了个眼神。宫崎学长则一脸尴尬。

"我们私下里说过。"宫崎学长说。

他一旁的神林学姐害羞了，看她的样子，似乎毫不怀疑宫崎学长和百濑的关系。

这是我从她的反应中推测的——在不久之前，她应该怀疑过，如今终于解开了心结，因自己的多疑而羞愧。只要我和百濑在她面前保持住演技，那么她以后就会相信宫崎学长说的一切。

"再见了。"

宫崎学长迈出脚步，神林学姐也向我们轻轻点头示意，跟了上去。

"真是个好人。"

直到他们二人在走廊里消失不见，百濑才嘟囔着向前走去。我追在她的身后，在心中对她的话表示认同。直到走到校门口，我们都没再说什么，大概在思考同一件事——就是对神林学姐的愧疚感。

"那个挂件你还没扔啊。"

夜里，宫崎学长在电话里对我说。

"挂件？"

"今天被百濑抢走的那个，是我小时候给你的吧？你别总拿着呀，怪让人害羞的。"

他一定是听百濑说的。

"我刚才跟她通话了，今天真是危险。"

要不是百濑帮我解围，我们可能就露馅了。

"神林的误解也解开了。"

不过，我和百濑还要再演一阵子吧？突然变成陌生人会显得不自然。

"对不住了，让你做这种事⋯⋯"

神林学姐看起来是个好人。

"她像个孩子一样，根本不会怀疑别人。"

⋯⋯

"我觉得自己可能会下地狱。"

怎么会⋯⋯

电话挂断了。

　　我和百濑假扮情侣已经一月有余。其间，日本进入了梅雨季节，出梅之后，天气骤热。进入七月后，我每次在走廊里遇见神林学姐时都会跟她打招呼。字典里说，我们这种关系叫"脸熟"。班上的男生似乎很羡慕我。换作以前，我恐怕会因这种关系兴奋得流鼻血，把和神林学姐的对话一字不漏地写在日记里，每晚睡觉前反复阅读。然而，现在我面对神林学姐时感到的不是兴奋，而是演技的压力。

　　百濑也渐渐地和神林学姐变成了打招呼的关系。她有着不同于我的心胸和大脑转速，能自如地应对神林学姐。我有一次还目睹了她们俩站在一起的场面，百濑落落大方地说话，神林学姐完全被蒙在鼓里，仿佛二人原本就是老朋友，有说有笑，十分亲热。

和神林学姐的相熟给我和百濑招来了更多的麻烦。

"来一次四人约会怎么样？"

课间休息时，百濑在天台上问我。那天风很大，她的及肩长发和裙摆随风摇摆着。约会，即男女约好时间见面；四人约会，即两对男女一起外出的行为。

"哦，那个……只在漫画和电视剧等虚拟世界里出现过。"

"宫崎昨天说定了这周日，他说要和神林学姐四个人一起玩。"

我的大脑瞬间一片空白。

"四个人在一起待一整天？也就是说，要一直演戏了？"

"不喜欢的话，从一开始就该拒绝。"百濑看着我，就像在看一只低等动物。

"不，就这么办。既然是宫崎学长的意思。"

作为一个昏暗的电灯泡，能说出如此斩钉截铁的话是非常罕见的。

"我对你刮目相看了。"

百濑第一次对我露出了微笑。她美丽的眼睛眯了起来，唇间露出了牙齿。风把她的头发吹到脸上，我从她的脸上移开了目光。

离星期日还有三天，我和百濑为四人约会做着准备。

"你在车站捡到了我的学生证，然后把它交给我，这个怎么样？"

"不行，我不会交给你的，我会扔进垃圾桶。"

我和百濑坐在电车的座位上，她的肩膀随着电车的摇摆不时地碰撞着我。窗外的田园风光一幕幕闪过。平日里我们一走出校门就会分道扬镳，这天为了准备约会，百濑决定到我家去。

电车慢了下来，在站台停下。下车前，百濑叹了口气说："你是不是太执着于捡学生证这个想法了？"

"还有什么能遇见女生的方法？"

我如实地说出了心中的疑问。我在车上一直思考相原升和百濑阳是如何相遇、如何开始交往的，以防被神林学姐问到，我们必须准备好这一套说辞，防止出现差错。然而，身为等级二的我只能按照某种模式来设定。

"这种怎么样……"

电车安静地发动了，她看着对面正在移动的窗户。

"某个星期天，初三的我带着弟弟去超市……"

"你有弟弟？"

"四岁。那天他迷路了，我找遍了整个店，到了傍晚还是没找到。店员说一定是跑到店外了，于是我打了电话报警。我坐立不安，到附近继续寻找……"

电车越来越快，哐当哐当地前进。

"我走累了，又因为担心弟弟，大脑一片混乱。我不顾人们的目光，在街上大喊弟弟的名字。这时，一个男人向我走近，问我发生了什么事。那个奇怪的男人单手拿着《经营战略基础》，边走边看。我把事情告诉他，于是他和我一起寻找弟弟。我们找了两个小时，天色已经完全暗了下来。弟弟是不是被拐走了，或者遇到车祸了？如果都不是，外面这么冷，他会不会被冻死……我胡思乱想个不停。他就让我坐在秋千上，独自继续寻找。他的书就放在我的身边，被风翻开，我看了两页，发现书里到处画着红线……"

电车开得很快，她闭口不谈了。我们之间只有哐当哐当的声音。

"他帮你找到了弟弟？"

我继续说下去，她点了点头。

"我总觉得他是会干出一番大事业的人。对了，《经营战略基础》是什么？"

"我不知道。他说想在国外生产商品，可是考虑到日元汇率很难实现。真是个怪人。"她眯着眼说，好像在说自己的孩子，眼神温柔极了。

电车停了下来，我们站起身。走到停车场推出自行车，向我家走去。那条路除了周围的大片田野之外什么也没有。我们没有共同话题，因此无话可说。

"你来过这一带吗？"

到了我家附近，我问百濑。她向宫崎学长家的方向看去。

"来过几次。"

终于到我家了。我让百濑在家门口等着，我正要走进玄关，百濑叫住了我。

"我不能进去吗？"

她的问题完全超出了我的想象。

"妈妈在家，没上班。"

"那有什么。"

她无视了我的拒绝，擅自走进了我家。"打扰了。"

妈妈正在家里看电视，听到百濑的声音后从起居室里冲了出来。百濑擅自介绍了自己。妈妈高兴极了，因为这是我第一次带女生回家。妈妈知道我只能发出小灯泡级别的光，不受女孩子欢迎，因此妈妈问百濑要不要吃寿司。

"请别麻烦，我很快就回去了。我只是来帮他选约会穿的衣服。"

百濑说的是真话，毫不知情的妈妈喜上眉梢。妈妈把百濑带进了我的房间，我的抵抗全是徒劳。

"比我的房间整洁百万倍……"

她环顾我的卧室，以一副不可思议的口吻说。我想象着她的房间，果然百万倍这个级别还是过于夸张了。妈妈和百濑打开我的衣柜，开始选约会服装。她们边商量边拿衣服往我身上比画，这个也不错，那个也还行。我毫不愤怒或羞耻，只觉得一阵眩晕，对妈妈以外的人打开我的衣柜没有丝毫真实的感觉。自我懂事起，家里就只有我和妈妈。同龄女生在我家，还和妈妈亲切地聊着天，这光景让我觉得奇妙无比。

"我和阿姨您很合得来啊。"百濑和妈妈一起准备晚饭的时候说。

明明说了"很快就回去"，却在克服了选衣服的难关之后，决定留下来吃晚饭。妈妈喜出望外地点了外卖寿司。妈妈和百濑似乎频率很合，滔滔不绝地聊个不停。

"这孩子竟然带女孩回家了。"

这句话妈妈重复了几十遍。我时隔许久再次看到了妈妈从内心散发出的喜悦。

饭后我到车站送百濑。田野四周一片漆黑，只有道路两旁的电灯表明了道路的存在。

"你还记得你爸爸的长相吗？"

"一点儿都不记得了。"

"你妈妈真是个好人。"

"谢谢。"

"她好像很高兴我来……"

说话间便到了车站。在检票口,她犹豫着向我挥了挥手。我为这种从未发生过的事感到吃惊,不过还是害羞地学着她挥了挥手。我不忍离去,直到她消失不见我才转身离开。

第二天一早,一年级二班的一个男生来到我们教室,他是运动社团的队员,身材健硕。他问我:"你在和百濑交往?"我点了点头,他粗鲁地上下打量着我,那目光似乎在说,这种家伙竟然和百濑……

"我也被三个女生叫住了。"

百濑正在帮我剪头发,天台的风把我的碎发吹走了。

"相原哪里好?她们一脸认真地问我。我实在不知道该怎么回答。这种问题我还想问呢!"

咔嚓!伴随着悦耳的声音,我的头发被剪断了。午休时间我们一起去食堂吃咖喱的时候,百濑说不喜欢我的发型,要为我剪发。于是,我们走上天台,她为我剪起了头发。她拿着不知从哪儿找来的围裙系在我的脖子上,让我坐在栏杆边上。起初我还非常担心,但没想到她使用剪刀的技术相当不错。

"没办法,我只好回答说喜欢你软弱的样子。她们三个都笑我是个怪人。"

七月的天空在我的头顶舒展开来，天台上只有我和她，操场的喧闹声像是从遥远的世界传来的。百濑似乎很享受剪发的过程，轻轻地哼起了歌。我也不说话，抬眼看着天上的云。头发咔嚓咔嚓地被剪掉，感觉脑袋轻松了不少。倦意袭来，我打了一个哈欠。愉悦的口哨、轻松的脑袋，我闭上眼，感觉自己在天上飞，身体各处似乎充满了温热的水。我不禁感叹道，有女朋友原来是这种感觉啊！

"对不起，给你添了麻烦。"我对她说。

"没有啊，我喜欢剪发。"

"不是这件事。"

"别人把我当成怪人？"

她扑哧笑了。剪发结束，午休也结束了，我回到了下午的课堂上。坐在座位上，却听不进老师的话，我感到痛苦，只好保持前倾的姿势忍耐着。

这都是你的错觉——我对自己说，你只是沉迷于假象中，所以别再回味了！不要觉得和她在一起开心幸福，要保护自己的内心！等这场作战结束，她一离开，你又会变成孤单一人的。

3

宫崎瞬。

我对他爸爸经营的西装店印象尤其深刻。小学低年级时，我经常被宫崎学长带去玩耍。店里十分宽敞，像是郊外的一片平地。擦拭得泛光的地板上紧密排列着银色的衣架。顾客络绎不绝，店员总是忙于应对。我和宫崎学长常常在后面帮忙搬运塞满衣服的纸箱。

宫崎学长的爸爸和其他店员一样，亲自接待客人。那里的店员似乎都很喜欢他爸爸。在我眼里，他就像是备受国民拥戴的国王。宫崎学长和我都十分尊敬他。那家店是他爸爸年轻时开的，可以说承载着他爸爸的人生。在店里玩耍的宫崎学长因为长得英俊，受到了王子般的待遇。

上初中后，宫崎学长就读于私立中学。因忙于学习和社团活动，很少来叫我出去玩耍。我们除了偶尔在回家的路上遇见，就没再见过。

我的人生中只有过一次看体育比赛的经历。那是上了高中不久之后，我去观看篮球部部长宫崎学长毕业退出社团的比赛。赛场上的他是全场焦点，整支队伍都在为他传球，配合他的动作行进；比赛的流程、观众的欢声，还有体育馆的地板振动声和球的声音全都是为了他而存在；周围聚集的女生们也把他的每一个动作都看在眼里。比赛结束后，队伍赢了，他和队员们雀跃地欢祝。他深得大家的信赖，和他爸爸一样。

比赛结束后的晚上，我在浴室里看到了腿上的伤痕。伤痕从左脚脖一直延续到了膝盖，我被笼罩在腾腾的热气中，往昔的记忆被唤醒了。

腿上的疼痛和刺骨的寒冷。我小学二年级的时候差点儿死去。我骑着自行车去冒险，结果受了伤。我跌倒的地方十分偏僻，远离人家，在没有行人的筑后川河边的小路上。小路在一道陡峻的河堤上面，我和脱链的自行车一起从斜坡滚落了下去。河堤下是一望无际的绿色河滩，地面上到处都是锋利的灰色石头，让人联想到没有植物的孤寂世界。我想方设法向上爬，可是因为腿上的剧痛而动弹不得。

寒风冷得彻骨，如果再没有人发现，我可能就要冻死了。我躺在地上，仰望夜空，等到能看见星星时，腿上的剧痛已经消失，指尖失去了感觉。寒冬腊月我还穿着单衣，我感觉自己已经命悬一线。我大喊"救命"，可是喊到嗓子沙哑仍没有人来救我。等到我的牙齿开始咯咯作响之后，我甚至发不出声音了。

后来我才听说，妈妈在家里等我，但我迟迟不归，她便去了派出所报案。邻居们全员出动，四处搜寻我的踪影，然而他们仍离我很远。我等不来救援，闭上了眼，放弃了一切。

漫长的黑暗之后，我在医院的病床上醒来。左腿上绑着沉重的石膏板，稍一动弹身体就剧痛无比。宫崎学长正在旁边的床上睡觉，床下的地板上是他那双满是泥泞的鞋。

妈妈告诉我，深夜零点左右，是宫崎学长背着我按响了家里的门铃。他和大人们分开行动，独自搜寻我的下落。背回我后，便因疲惫过度而倒下了。

西铁久留米站有一个巨大的公交车总站，每天有上百辆公交车出入。这天，我们四人约在车站见面。身穿日常服装的神林学姐和百濑在我看来非常新鲜，一个身穿适合去图书室的长裙，另一个身穿适合去体育馆的运动鞋和牛仔裤。与女生无缘的我从来没有在校外约见过女生。更何况，那些在假期聚集的男女小团体在我眼里就像恐怖电影中的受害者。

"你发型变了。"

宫崎学长在去往电影院的路上对我说。他提议去看电影，大家都没有异议。要看的电影由在剪刀石头布中获胜的人决定，我出了剪刀，他们三人出了布。

"百濑给我剪的。"

我说着向后看去，离我几步之遥的百濑正在和神林学姐亲热地聊天。

"选一部色情的。"

宫崎学长戳了戳我的手腕。从旁经过的年轻女性回头看了一眼宫崎学长。他实在是惹人注目。我和他并肩走在路上时，周围的人就会越过我看向他，我感觉自己就像一个透明人。

我们买了《刑警约翰·布克／证人》的电影票，走进了一家名叫久留米斯卡拉剧院的电影院，我们站在大厅里一边聊天，一边等待电影开场。话题是接下来的电影、喜欢的演员，还有记忆中的台词等。基本上我和神林学姐负责听，宫崎学长和百濑负责说。

宫崎学长喜欢的男演员，百濑不喜欢。我们大家的喜好似乎各不相同。他们二人不投机地聊着，我和神林学姐在一旁笑着看他们。

可我在心里笑不出来。这不过是为了欺骗神林学姐罢了。他们明明暗地里在交往，一定有共同爱好，却在这里为了欺骗神林学姐而特意说着不投机的话。我在旁听着他们的对话，心里不断暗自进行解读。终于，四人的对话变成了一场残酷的运动。

"你怎么了？脸色很不好。"

神林学姐问我。她的眼神清澈如孩童。

"我没事……只是昨天没睡好而已……"

我累极了，身体状态变得很差。

"去那边休息一下？"

百濑一脸担心地把手放在我的肩头，我们留下宫崎学长和神林学姐，单独向大厅角落的长椅走去。百濑坐在我的身边，怎么看都像是我的女朋友。

"你可别放弃呀！"百濑一边用余光确认远处那两人的动静，一边对我说，"真没出息。"

"谁让我是等级二呢。"

"啊？什么意思？"

我的手腕搭在她的手上，她的体温通过手掌传到了我的体内。我因紧张而僵硬的心在她的体温中融化了，呼吸变得平稳，身体也轻松了不少。原来人的体温能让人如此安心，我感到惊异。原来如此，怪不得大家总谈论爱情。

观众从门口走出，百濑放开我的手，回头看着出口。她刚才触碰的地方渐渐冷却下来。嗯，这样就够了。

电影结束后，我们去吃了午饭。西铁久留米站二楼有许多餐厅，我们走进了一家名为"甲子园"的什锦烧店。那里对我和宫崎学长来说是有回忆的地方，小学低年级时，我们瞒着父母坐电车来过几次。

"这家店我也经常来，每次和父母来这附近，一定会在这里吃午饭。"

百濑刚说完，四人份的什锦烧就端了上来。这家店是店员做好饭端上来，而不是客人自己动手。

"你们三个都是这儿的常客？"神林学姐问。

"这家店那么有名，不是偶然哦。"

宫崎学长说着，吃下了第一口。

"只有我不知道啊。"

神林学姐略显不悦地把一口什锦烧送到嘴边。她的表情随即变成了微笑，我虽然对她并无爱恋之心，但也被她那不可思议的表情和语言吸引了。她的反应非常直接，明明比我年长，却让我产生了一种家长想要守护可爱女儿的情感。

我想起了宫崎学长口中的她。"她像个孩子一样，根本不会怀疑别人。"确实，在我还不认识她的时候，被一群女生包围着从走廊里经过的她看上去就像哪国的公主。然而，现在在我面前专心吃东西的她就像个小女孩。

"这是我第一次吃什锦烧。"

吃完饭后，听神林学姐这样说，我和百濑目瞪口呆。

"你在家里没用过烤盘？"

听了百濑的问题，神林学姐摇了摇头。

"也没在店里吃过？"

对于我的问题，神林学姐也摇了摇头。

"她只被带去吃过需要预约的那种餐厅。"

"是的。"

宫崎学长说罢，她点了点头。听说神林学姐是当地有名的资本家的女儿，家里有好几辆外国车。她是我们想象不到的那种人。我们一直谈论着神林学姐家里的事，直到离开。她家有多少房间，零花钱有多少，她都一一给出了回答。

"小学时有个叔叔经常带点心来我家。我很喜欢他带来的点心，但不知道他是谁，也不知道他和我爸爸是什么关系。"

等到他们去县政府参观学习时，当时还是小学生的神林学姐在走廊里见到了他。"啊！点心叔叔！"她不禁大喊出声，领队的老师瞬间吓得脸色苍白。原来点心叔叔就是县知事。

吃完饭后，我们走出店门，决定坐公交车去公园散步。公园里有许多家庭出游，气氛十分闲适。我们站在花坛前，神林学姐看着花，为我们解释花语。

"哈里森·福特太帅了！"

宫崎学长发现长椅后走了过去，他一边抒发对电影的感想，一边坐了下去。电影拍得简单又深奥。四个人都非常满足，滔滔不绝地分享感想。

我边说边起身去找卫生间，神林学姐也站了起来，于是我们结伴同行。那时的我已经不再为演戏而紧张，和她也能像真正的朋友那样谈笑风生了。

"《刑警约翰·布克/证人》这个名字可真奇怪。"

神林学姐边走边说，我点了点头，也说出了自己的感想。

"我第一次听说阿米什人。"

在美国的某个地方生活着一群出于宗教原因而与现代文明隔绝的人,他们就是阿米什人。他们生活的村落里既没有电话也没有车辆。移动靠马车,衣服也很朴素。《刑警约翰·布克/证人》讲了一个阿米什人的孩子目睹了一场杀人案,主人公刑警为了保护他而潜藏在他家中的故事。主人公是来自现代文明的异乡人,阿米什村落是前现代社会,他们之间的跨文化交流就是这部电影的精髓。

"你还记得黄昏中孩子母亲和主人公亲吻的画面吗?"

阿米什人和外乡人恋爱是违反宗教教义的,孩子母亲明知如此还是走向了主人公的怀抱。

"这种事真的会发生吗?"我问她。

拥有不同的文化、历史、宗教观的两个人有可能紧紧相拥吗?电影中这奇迹般的一幕刻在了我的眼底。

"如果是在黄昏中,神明会饶恕他们吧。"神林学姐乐观地说,我点了点头。就在那一瞬间,我把她当成了无可取代的朋友,十分欣赏。

我们从卫生间返回后,四个人玩起了抛接球。我和神林学姐不在的时候,百濑去便利店买东西,顺便买了一个便宜的橡胶球。我们在公园的广场上保持适当距离,互相抛接起来。宫崎学长和百濑具有出色的运动能力,而我和神林学姐则欠佳。

即便将神林学姐不太方便的着装考虑进去，也很难说她擅长运动。然而，她的等级不会因此降低，因为其他方面太优秀了。

抛接球很适合在闲适的公园里玩耍。玩的过程中，还会产生一种奇妙的集体感，仿佛从很久之前我们四人就在一起抛接球了。百濑奋力抛出球，宫崎学长没能接到，球飞向了机动车道。我们马上去追，结果走到车道旁时，一辆车恰好碾过了它飞驰而去。

"我还想拿回去留个纪念的……"

百濑盯着破损的球，怔怔地说。后来我们决定回家。在走去公交车站的路上，百濑明显变得话少，也不再加入我们的对话了。

公交车站旁边挂着鬼灯节①的垂帘，会场就在车站附近的植物园广场。离公交车到来还有二十分钟，于是我们决定去看鬼灯盆栽打发时间。公交车驶来时，天空正开始泛红。我们四人并排坐在车的最后一排。车发动之后，我注意到神林学姐的掌心放着一朵灯笼似的鬼灯。

"我在地上捡的，想送给瞬。给你！"

她把鬼灯递给了身旁的宫崎学长，我看着她，心想她是真

---

① 鬼灯是一种植物，学名酸浆，俗称红姑娘、灯笼果、挂金灯等，因外形像红灯笼而得名。鬼灯节是日本江户时代以来的民间传统节日，于每年七月在各地的寺院和神社举办，其中以东京浅草寺鬼灯节最为著名。

的爱他。据说，鬼灯外层膨胀起来的红色部分其实并不是果实，而是花萼。当然这是后话了，当时的我并不知道。

宫崎学长盯着鬼灯看了一会儿，对我说："我在西铁站下车，去送神林。你们要去 JR 车站坐电车是吧？"

西铁久留米站的公交车总站人潮涌动，宫崎学长和神林学姐下车后很快就消失在人群中。

二人离开后，我和百濑依然坐在最后一排。车重新发动后，向终点站 JR 久留米站驶去。我和百濑打算去那里换乘电车。百濑靠着车窗，眺望着窗外的建筑。我们都沉默着，疲惫的空气充斥在我们之间。公交车每停一站，乘客就会少一些。外面的天色越来越暗，车内亮起了灯。不知不觉中，世界就进入了黄昏。

"你觉得我能坦然面对吗？"百濑望着窗外说。

她的脸映在车窗的玻璃上。她不是在对我说，更像是在对玻璃中的自己说。

"他最后选择的一定是她。"

她眼中那充满挑衅的光芒不见了。公交车继续行驶。我坐在那里，心里冰凉。她也爱着宫崎学长，可她却在试着割舍。这是我的臆测，也许是错误的。

我重新审视百濑的内心。她究竟是以怎样的心情看待面前亲密无间的宫崎学长和神林学姐呢？我以为她对这世上一切的不合理都产生了免疫，因为她有比我更丰富的经验，所以不会像我一样吐露自己的无能。她无惧不良学生，也没有哭过，对吧？可是事实果真如此吗？

我们在 JR 久留米站下车，百濑默默地向冷清的站前广场走去。我追在她身后。

"别跟着我！"百濑依然面向着前方说。

"可我也要坐电车啊。"

"那你离我远点儿！"

百濑的声音里透着掩饰不住的颤抖，我停下脚步，望着她远去的背影。她走进车站后就消失不见了。

如果在站台看见她，一定会觉得尴尬，因此我打算先在广场上打发一会儿时间。我站在出租车停车位附近，夜空在我的头顶伸展开来。

我的脑中闪过了几段记忆。

河滩上濒死之际的寒冷风景、冰冷中抬头望见的夜空⋯⋯

为救我而倒下的宫崎学长第二天中午在医院的病床上醒来，我哭着向他数次表达谢意。当时还是小学生的宫崎学长问我："你长大想当什么？"我回答："我不知道。"他眯着眼睛，看着医院的天花板说："我要继承老爸的店。升，到时候我雇你。"

等级二的我总是活在对宫崎学长的憧憬中。我从来没有怀疑过他，一次也没有。就算知道了他同时交往两个女生，我对他的尊敬之情依然没有改变。他确实做错了什么，对吧？

车喇叭响起，出租车司机瞪着我喊："别挡路，走开！"于是我逃到了人行道的角落里。来往的行人听到剧烈的喇叭声，都回头看我。我身体开始发热，不知是因为难为情还是没出息，也可能是因为紧张了一整天而疲惫，再加上那天我确实思考了很多事情。我在角落里席地而坐。过往的行人仍然在回头看我，我甚至想用石头丢他们，我强忍着泪水。

"相原……"

一个男生停下来看着我。因为是第一次见到没穿校服的他，我一时没有认出来。他是我高中唯一的朋友，可我在和百濑交往之后疏远了他。站在那里的是另一个昏暗的电灯泡——田边。

4

"你们俩去演剧社吧。"田边吃完甜甜圈，用吸管喝了果汁，喘了口气后慢悠悠地对我说，"我根本没注意到你和百濑在演戏。嗯，相原，你要不要当演员试试？"

我们在车站附近的一家甜甜圈店里相向而坐，我把事情的经过告诉了田边。午休时被宫崎学长带去图书室，在图书室里他把百濑介绍给了我，还有神林学姐、宫崎学长和百濑的关系，以及我插手了他们的三角关系……田边静静地听我说完，没有打断我。

"瞒着你，真对不起。"

我并不是对谁都能敞开心扉。虽然田边的说话方式常遭到班里同学嘲笑，我却很喜欢他。

"我怎么可能交到女朋友呢。"

我们站在同样的立场，人的等级只有个位数。我们都有着平凡的外貌，既没有优秀的学习能力，也没有良好的运动神经，再加上适应社会的能力不及五岁小儿。我们性格阴暗，头发毛毛糙糙，不可能被女孩喜欢，也不会被搭讪，极有可能永远与女生无缘，就这样结束一生。在认识百濑之前我一直是这样想的，田边恐怕也是一样。

"你的发型和平时不一样，好像修整过。"田边指着我的脑袋说。

"前天下午就这样了。"

"是吗？"

"前天午休，百濑帮我剪头发了。"

我想起了她哼过的歌，还有天台的温暖空气。

"我演不下去了。"

"为什么？"

"我不觉得自己能像之前那样继续演下去。"

"你喜欢上百濑了吧。"

田边慢悠悠却肯定地说出了这句话，我忍住了笑。

"我不该认识她的，一直互为陌生人该多好。"

如果是这样，今后的人生哪怕孤单一人，我也能够忍耐。我心如刀绞，她到底对我做了些什么？百濑钻进了我的心里，对我做了那么过分的事。和我牵手，太过分了。和我妈妈聊天，为我剪头发，真是罪孽深重。她根本没有意识到这些行为会让我坠入多深的深渊。开心的回忆和幸福的心情对我来说都是毒药。我的力量已经被削弱了。因剧毒而变得脆弱，今后我该如何活下去？明明孤单才是正常的、理所当然的，可是就因为百濑走进了我的心……

和我一样没有女生缘的田边对此表示赞同。我们不是宫崎学长，我们是等级个位数的人。即使有了喜欢的人，伸出手，也不可能得到，因此我们必须停止奢望，度过适合我们的人生。谨慎，无欲无求，不喜欢上别人，不质疑自己的人生不够丰满……因为我们是等级二！不要以为自己能像其他人那样生活，否则还不如去做梦！明知自己会受伤……然而，田边却摇了摇头。

"你真傻。"

他说出了令我出乎意料的话，我怔住了，盯着眼前这位被班级同学嘲笑的朋友。他慢悠悠地继续说。

"不要说不该认识这种话，明明是很棒的相遇。"

"可是……"

田边羞涩地低下头说："很厉害啊，我很憧憬。"他满面通红地低下头，给我留下了深刻的印象。

"你竟然说我现在的经历很棒？"

"嗯，所以你应该珍惜。"他的声音里充满了确信。

"怎么可能？！肯定是不认识更好！"

我不禁抬高了声音，惹得店员向这里看来。风平浪静的人生已经离我而去了。十年后，二十年后，当我回想起十五岁的自己，一定会感到烦闷。尝到了幸福的滋味，却因自己的软弱而陷入绝望。

可田边却毫不动摇地说："我想知道你现在的感受，我想知道。我自出生以来一次都没有感受过。以后我也会患上这种病吧。到那时，我可能就会明白现在的自己有多无知，也有可能会痛苦，会后悔，可我还是想要知道。"

不知道为什么，我差点儿哭了出来。

"照照镜子吧！我们要是知道了这种事，会毁灭的！你所说的情感就是怪物！它会从心里跳出来，我们这种人绝对没办法控制！"

"我知道。可我还是希望这怪物来到我的心里。你不要杀掉它，你得好好珍惜它。"

他这番话让我目瞪口呆，却没有任何不适。当时的我虽然没有意识到，但是后来想起来，从那天之后我就不再考虑等级二之类的事了。

"总有一天，会有人走进我的心。到时候，我会变成什么样呢？"

田边自言自语道，我则低下头看自己的手。

"你是不是应该联系百濑？"

"……"

我们走出甜甜圈店向车站站台走去，田边与我乘坐相反方向的电车。

"谢谢你，听我说这些。"

我对着正往车厢里钻的田边说。如果不是遇见他，我已经决定忘记百濑，远离宫崎学长和神林学姐了。

"你还有要解决的事。"他羞涩地对我说。

"我知道。"

我点了点头，下定了决心。车门关闭，田边所在的电车启动了。我要乘坐的电车进站，我走进车厢回到了家。在起居室里，我打电话给宫崎学长。

我把自行车停在路边，站在河堤上，筑后川的河面上倒映着月亮。河滩至河堤中间只有石头，没有植物生长。奇怪的是，我小时候看到的、感受到的、会让人联想到另一个世界的绝望感消失了。我把自行车停在那里，沿着河堤的斜坡向下走去，我想寻找当年差点儿死去的地方，却找不到了。

时针指向了零点，到了我和宫崎学长约好的时间。远远地传来了原付摩托的声响，头灯的光束从河堤上划过，最终停在了自行车旁。

"好几年没在这儿见了吧。"

宫崎学长一边沿着斜坡向下，一边说。月光下，他细长的影子向我靠近。

"七年了。上一次在这儿见面是我快死的时候。"

宫崎学长走到我身边，环顾四周。斜坡上的虫鸣响彻四周，没有了彻骨的寒风。我们就这样一言不发地眺望着周围。

"那时候我一走上河堤，就听到了你的呼吸声……"宫崎学长说。

七年前的冬天，当他得知我没有回家之后，大人们在村落里四处搜寻，宫崎学长也想加入，却因他也是孩子而被留在了家中。于是他在深夜里从卧室逃了出去。

只要他希望，我可以接受为他杀人、抢劫的要求。面对这个救命恩人，还有什么犹豫呢？我现在能活着，都是他的功劳。我一直以来都是抱着这样的信念活下来的。

"都忘了吧。"宫崎学长说。白月光洒在他的侧脸上。"过去的事是时候该忘记了。"

"可是……"

"我可能是救过你，可我不是神。所以你不必总是服从我。我利用了你……"他低下了头，影子更浓了，"你叫我出来，是想说百濑的事吧？"

"我撑不下去了……"

"你自由了。"

虫声突然停止，周围一片静谧。

"你不用服从我，别想以前的事。"

我们一起向河滩走去，脚下踢着砂石，越靠近河边，水声越大。河水的气味越来越浓，夜晚的空气也湿乎乎的。

"升，你很痛苦吧？需要很大的勇气吧？你叫我出来的时候，我就意识到了。因为百濑的事叫我出来，对你来说是很难做到的事吧。"

"我长大了也不会忘记你的。"

我们沿着河边走去，河堤上没有街灯，也没有人家。只有月光照在水面，被水流碾碎了发出细碎的光。

"你是我的骄傲……"

"我可没有那么好。"

无数的石子在脚下被碾压，我们以同样的步数走着，可他还是走到了我的前面，原因是腿长不同。我努力加快脚步，想要追上他。

"你就是很厉害的人。"

"所以我说我不是啊。"

我们重复了数次相同的对话之后，他充满困惑地问我："要去我家店里吗？就是我们小时候常去玩的我老爸的店，还记得吗？"

"记得。"

"我想去办公室给百濑写信。"

我们骑着宫崎学长的原付摩托从河滩到了店里。夜晚的风吹过我的脸颊，游走在没有行人的田野里。我们似乎回到了小时候，一齐"哇"地大喊大叫，声音响彻夜晚的田野上空。

我们到了位于郊外的宫崎西装店停车场，下了车，我们笑得前仰后合，像回到了小学时候。

"现在萧条了，不可思议吧。"

宫崎学长打开后门说。他似乎频繁出入这里，店里的钥匙就拴在摩托的钥匙链上。这几年，我们不在一起玩，我也没再来过他爸爸经营的西装店。多年没见，店的样子发生了变化。虽然深夜无法看清，但是有一种脏兮兮的感觉。小时候觉得巨大的空间，现在看上去还有些狭窄。

"经营不善……"

走进后门，就是办公室。打开电灯，我看见了变样的办公室，大吃一惊。曾经人来人往、充满活力的办公室如今被纸箱等杂物占了一半。

"我老爸很努力了，这种情况已经是他努力的结果了。"

宫崎学长环顾室内对我说，不过他看上去没有气馁。

"这家店是我老爸的人生，我绝不会让它倒闭。"

我想起了小时候他崇拜地望着爸爸的眼神。

"我上大学后想学经营，给老爸帮忙。"

他让我在椅子上坐下，然后坐在我的正对面，把今后的经营计划告诉了我。他有重振生意、扩大规模的想法，之后就只差资金链了。

"没事的，都会顺利的。"

他转着转椅说罢，站起来，从落满尘土的抽屉里拿出一个笔记本和一支圆珠笔。

"小时候多开心啊。"

他说着，在笔记本上写着什么。

"你还记得吗？我们常到这里玩？"

灯光下，办公室的窗户像一面面镜子，上面映着我和宫崎学长的影子。我们什么时候长得这样高了？室内只有宫崎学长在纸上写字的声音。

待他写好后，撕下笔记本的那一页纸，小心翼翼地对折，两手紧握放在胸前，像在祈祷一样闭上了眼睛。

"我画地图告诉你百濑家的地址，你能帮我把这封信送给她吗？"

宫崎学长睁开眼后对我说。我答应了，于是他为我画了地图。走出店后，我们二人骑着摩托到了河堤上，我下来骑上了自行车。

"替我向她问好。"

"好的。"

宫崎学长目送我离开，待我骑了二十米左右后回头看去，只见他的小黑影伫立在那里。天还没亮，我不确定，但是看上去他似乎正跨坐在摩托上，凝视着我前进的方向。

三个小时后，我顺着地图找到了百濑家。彼时东方的天空已经露出了鱼肚白。根据地图和门牌上的姓氏，我对比着对面的人家，确认了那就是百濑阳的家。周围是一片田野，有街灯和茂密的植物，看上去和我家一样位于田野中的住宅区。

我骑了那么久自行车，双腿已经僵硬得不能走路了，于是只好抓着花圃的篱笆，踉跄地挪到她的房间下方。按照宫崎学长画给我的地图，临街的二楼玻璃窗上挂着黄色窗帘的窗户就是。

"百濑……"

我小声地喊着她的名字，以防吵到其他人，可她却没有任何动静。我捡起一块小石子扔过去，窗帘一动不动。最后，我铁了心爬上墙。墙和房子之间有十厘米的空隙，站在墙上应该就能直接叩响她的窗户。这对我疲惫的双腿来说是一项艰难的任务，我用手腕支撑着身体，腿钩住墙，总算站到了墙上。

"百濑，起床！"

我用拳头击打近在脸前的玻璃窗，咚、咚、咚，过了一会儿，窗户内侧的黄色窗帘轻轻打开了一条细缝，当我透过窗户看见睡眼惺忪、身穿睡衣的百濑时，骑了三小时自行车的双腿的疲劳瞬间消散了。

"相原？"她吃惊地打开窗户，"你在干吗？"

"我来给你送信。"

我从口袋里拿出信，她睁大眼睛一会儿看我，一会儿看信。

"我下去，你也下去，等着我。"

她离开了窗边，回到了屋子里。我照她所说爬了下去，这时门响了，一身睡衣的百濑穿着人字拖走了出来。

"你骑自行车来的？"她看见路边的自行车后惊讶地问我。

"这是宫崎学长的信。"

"宫崎？"

"他让我交给你。"

她从我手里接过那封叠好的信，小心翼翼地展开。虽说东方的天空已经泛白，可是对看信来说还不够亮。她走到附近的街灯下，起初还默默看信的她过了一会儿就颤抖起来，发出慌乱的呼吸声，接着便用衣袖擦拭起眼角来。

"去散散步吧。"

百濑合上信后对我说。我推着自行车，和她一起走着。到了筑后川的河堤上，视野突然变得开阔，没有了遮挡。她的家和我家一样，都在筑后川边。一想到我们分别在同一条河流的上下游长大，就觉得不可思议。

"其实宫崎喜欢我，他在信里撒谎了。"百濑在河堤上边走边说，"我打算和他分手。"

"为什么？"

"就算是相互喜欢，这种事也是会发生的。"

宫崎学长选择了神林学姐。可他真正爱的人是谁，我不知道。百濑声称是她自己，可能吧。我想起了分开时我回头看到的宫崎学长的身影，他的真心是什么，我不得而知。

"宫崎今后也得一直演下去。"百濑手里捏着信，擦拭着眼睛，"真是受不了，真是的……"

站在视野广阔的河堤上，天色逐渐变亮，又是一个充满夏日气息的暑热清晨。斜坡上长满了绿色的草，一直蔓延到了远方广阔的筑后川。清晨降临，我们终于要告别演戏了。

"谢谢你骑了三个小时赶过来。说实话，你就像个傻瓜。"

我们默默地走了一会儿，百濑突然停下来对我说。

我摇了摇头，对她说："虽然发生了许多伤心事，不过你要打起精神来哦。"

"你还真是乐观。"她嘲讽我道。

我挥了挥手，骑上自行车行进了二十米左右回头时，只见她仍站在那里看着我的背影。我从自行车上下来，她向我走近，说还想再走一会儿。那天是星期一，我们没有上学，在河堤上走了一整天。

"再聊一会儿，行吗？"在温暖的咖啡馆里，我制止了她。

"好啊。"神林学姐点了点头，重新坐下。我们又各自点了一杯咖啡，看了一会儿窗外天神街上的行人。不知什么时候下起了雪，高耸的大楼间飘舞着白色的雪粒。

"宫崎学长和我先后去了东京啊。"

"那边比较方便嘛。"

神林学姐摸着肚子，满脸幸福、毫不怀疑地说。她的丈夫如今正在忙着铺设新店。

宫崎学长想出的几个方案拯救了他爸爸的店。私人品牌的开发节省了中间物流的成本，实现了低价格化；通过电脑管理数据信息，将顾客的性别和年龄进行分类分析，并在店里陈设目标产品。从八年前宫崎学长写信的那晚起，一切都变了，就连世界形势都站在他那边。几个月后，美日德法英五国财政部长在纽约广场饭店为了控制美元升值而发表声明，称要介入调控。因此，日元对美元汇率突然涨了一百日元。宫崎学长迅速聚集起他爸爸和身边协助的数人，提议要在东南亚进行生产和调度。

人们向他抛来了如何在海外构建生产线，以及资金如何保障等诸多问题。最后，资金由神林家出。现在，他们的婚姻正在为两个家庭聚集财富。

"他不在的时候，你一个人很孤单吧。"

"没有，我们每天都通电话。"神林学姐看着凸起的肚子说。

她孩子般直率的说话方式和高中时相比没有什么变化。很多人都是被她的外表吸引，而我最喜欢的是她的直率。我和百濑停止演戏后，就经常和神林学姐一起谈论电影和书籍，她不加装饰的话语总是让我神清气爽。

"瞬一直挂念着你。"

"挂念我？"

"你不是留级了吗？"

我感到难为情，同时又在思考宫崎学长选择的人生。八年前，如果他爱的是百濑而非神林学姐，那么那天夜里他是以什么心情写下那封信的？

他必须从珍爱的两个人里选择其一。他爸爸的店在他心里究竟有多重要？他曾经说："这个店就是老爸的人生。"所以他是在守护他尊敬的爸爸的人生。我和百濑停止了演戏，可他要持续一辈子吗？

不，不是的。宫崎学长的心里不会对神林学姐没有爱情，否则怎么会结婚？他不可能不爱神林学姐和她肚子里的新生命。

"不管怎么说，你们俩竟然要当父母了，人生真是不可思议。"

服务员端来了咖啡，我们又聊了一会儿往事。结婚典礼、新家，还有我的近况，等等。和神林学姐面对面坐着，我已经不会紧张了，我不再妄自菲薄，而是像朋友那样和她谈笑。

"对了，我们还去过鬼灯节。"

我瞅准时机问出口。神林学姐一如既往地用那张美丽的脸庞看着我。

"大家一起去玩的那天？"

"你捡起一朵鬼灯，在公交车上送给了宫崎学长。"

神林学姐眯着眼睛看着我。

"学姐，你懂花语，所以也应该了解鬼灯的花语，不是吗？我是半年前才知道的，大学里有懂花语的人，我偶然间得知了。"

鬼灯的花语是背叛、不贞、花心。我们四个人中演技最好的人是谁？神林学姐脸上浮出微笑，把食指抵在了唇上。"不要对别人说哦！"她的动作妖冶而性感，完全不是我所认识的孩子般天真无邪的那个她。也许那个她从一开始就不存在。

我和神林学姐告别后，在天神街上走了一会儿，之后去搭乘电车。到了令人怀念的西铁久留米站后，向和百濑阳约见的地方走去。回来之前我联系了她，约在西铁久留米站见面。

最后，再简单写一下我和百濑之间的事吧。

我们结束演戏之后，依然保持着朋友间的交流。有时会在学校的天台上聊天，有时会一起在食堂吃乌冬面。后来她甚至和田边也成了朋友，于是我们三个人还会一起行动。我虽然喜欢她，可那时还为自己是个昏暗的电灯泡而神伤，犹豫间没能向她告白。后来宫崎学长和神林学姐毕业了，我们升入了高三。再后来，田边考上了爱知的大学，我去了东京的大学，百濑没有上大学，而是在当地开始找工作。

顺利考上大学后，我就在东京租了一间屋子。在拿着大件行李乘新干线上京的那天，百濑来博多站的站台为我送行。我在站台上告诉她，自己一直都喜欢她。百濑生气地扭过身去，埋怨我为什么在这个时候向她告白。

"百濑，你转过来。"我小心翼翼地对她说。她回过头来，用那双野猫般的眼睛看着我。

一起突破吧！

中村航

中村航

1969 年出生于岐阜县。毕业于芝浦工业大学工学系。2002 年凭借《履历书》获第 39 届文艺奖，从此成为职业作家。2003 年,《暑假》入围芥川奖并获得关注。2004 年凭借《转个不停的滑滑梯》获第 26 届野间文艺新人奖。他富有魅力的文体吸引了众多读者。此外还著有《100 次哭泣》《绝对是最强的恋歌》《我想让你留在这儿》等。

我和她每周通话三次。这周的星期一和星期五我打给她，星期三她打给我。上周则相反，上上周与上周相反。总而言之，我们每周都会轮流打电话。

我们每周末约会一次。星期五打电话的人提议约会地点，另一个人基本上都会同意。这周去看电影，上周去了浅草花屋敷游乐园。

每周除了三次通话和一次约会之外，我们没有联系。就算在大学里遇见，也只是微笑着寒暄。我虽然也觉得这种缓慢且平淡的男女关系稍显不足，但不知不觉就形成了这样的交往方式。这种类似青梅竹马或者兄妹的关系最终会成为我们关系的核心，化解未来可能出现的危机和困难——这是我的真心话。

只不过，这想法是最近才有的。

起初，我们的交往方式完全不同于现在。上了大学后，我对一切都很激进，交了女朋友之后更甚。那时的我简直就是个激进分子，总想和她时时刻刻在一起，做爱，分享全部的时间和情感。

我们总是说见面就见面，实在不行就约第二天，如果还不行就约第三天。不见面的日子，我就等她的电话，等不及就主动打给她。打电话聊到深夜，聊到清晨，最后就会不约而同地感叹还不如见上一面。

两个人在一起的时候，我总想象着有一个小开关。按下开关，我们就能放下一切，学校、朋友、电费账单……去某个地方，再也不回来。

我们之间或许存在温度差，或许没有。只是她似乎发现了某个开关，不由得想去按下，可是又不能按下，所以才说了那句话吧。

那是在我们交往两个月时发生的事。

我们在校园的草坪上，草坪中央有一棵大榉树，我们称之为"日晷"。我们常常在日晷下见面，一起吃午饭。

我们坐在草坪上，背靠榉树，吃着从大学生活协同组合买来的三明治。明亮刺眼的阳光照在世界上独一无二的午餐上面，口袋中揣着小小的幸福，和煦的风儿吹拂着未来。

"我讨厌这样。"她一边吃三明治，一边轻声说。

哦。我想。榉树浓重的影子在随风摇晃。是吗，原来她讨厌这样啊。我慢慢地想。远处的草坪上，好多年轻人成群结队地走着。

"我们这种相处方式……"

"嗯。"

"我可能继续不下去了。"

哦。我又想。是吗，继续不下去了吗。我边吃三明治边想，只是都没落到肚子里。

我们沉默了一会儿。远处的草坪上是学生中心的建筑，它的旁边可以看到篮球筐。

"大野，我非常喜欢你。"她缓缓地、慎重地说，像在斟酌每一字每一句。我想她应该是认真的。

"喜欢是一种非常不安定、不确定的状态，我没办法以这种状态和你交往下去。每天带着这种心情上学，写报告，做兼职，和你在同一时间睡觉……我无法继续下去了。"她直直地看着篮球筐说，"下次什么时候见面，明天做什么，一起去哪里，你什么时候会打电话来，你现在在哪里，被你讨厌了怎么办……每天光考虑这些，已经没法正常生活了。"

篮球筐旁有三个男生在反复投球。这世界上存在许多种青春。

"最近就连我们在一起的时候，我也不停地想这些。"

我对她这一番话似懂非懂，大概是一直沉浸其中的缘故。只是，她觉得不安定、不确定，不想继续了。

"那你想怎么办？"

"不知道。"

远处的草坪上，投手以漂亮的姿势投出球，之后又懒洋洋地去捡。

她虽然嘴上说"不知道"，但是似乎已经做了决定，只是听着像是想和我一起想办法。

我喝了一口饮料，心想不能失误。从现在起，我的所想和所说绝不能失误。

"总之就是……"我说，"你我互相喜欢，只是这种交往方式不太好。"

"嗯。"她语气平平地附和着。

"那么……"

我陷入了思考。远处草坪上的投手发出了高亢的笑声。

"把一切都定好，怎么样？"

"定好？怎么定？"她看向我。

"打电话的日子和时间，还有见面的时间。"

"……"

她的表情似乎在说不是这样，可我继续说了下去，用尽量平静的声音，尽量简单明了。

"隔一天通一次电话，打电话和挂电话的时间也都定下来，我们轮流打怎么样？见面可以只放在周末。"

"这样会更想见面的。"

"那就每周见两次。"

她面朝着我，可目光却像在看远处。

"如果还不行，那就分手；如果厌倦了，那就分手。因为你我相互喜欢，所以只要改变一下交往方式就好。"

她的视线渐渐地从远处回到我的身上，八米、七米、六米……我扮出笑脸等待她。榉树被风摇动着，沙沙作响。

最后，她的视线终于捕捉到了我。"就这样，好吗？"我说。三秒、四秒、五秒……我们目光交汇。

她小声地说："知道了。就按你说的来。"

就这样，我们开始了有规律、慢节奏的生活。

在前进，还是原地打转，或者只是看似前进……也可能都不是，也可能都是。无论如何，在交往两个月后，我们重新开始了。

我们各自上学，各自做兼职，各自在家里写报告、做家务、思念对方，到了约好的时间就轮流打电话，到了周末就约会，可是我却再也找不到开关了。

起初，她觉得这样的交往方式"相当好"。两周后，她的感想变成了"非常舒服"和"非常好"。我虽然觉得略微不足，但是她看上去不觉得，一切都刚刚好。

梅雨最盛的时候，在一个下着小雨的周末，我们在水族馆约会。水族馆位于一座大厦的顶楼，我们在海龟游来游去的巨大水槽前驻足。

"像现在这样交往下去完全没有任何问题……"

巨大的水槽里有许多热带鱼在争奇斗艳——拿破仑鱼荡漾着水波，扁平的鱼在水底静静地等待着什么，小鱼群不断变换着方向游来游去，有触角的奇怪生物吸附在岩石表面。

"但是没什么发展，恋人之间的那种。"

"确实。"她说。我看着她的侧脸，她似乎在笑。

我们走到了曼波鱼的水槽前，曼波鱼正懒洋洋地浮在水里。

"全部定好就行了。"

她的目光没有离开水槽，这句话听上去似曾相识。

"全部？怎么定？"

"从今以后，恋人之间的那种。"

我们随着曼波鱼的漂浮也稍微向右移动了一些。

"一年后做吧。"她凝视着曼波鱼，对我说。

——一年后做。

她偶尔会说出不得了的话来。一脸呆滞的曼波鱼毫无感情地望着我们。

"一年……"我说，"会不会太久了？"

"那就半年后。"

——那就半年后。

我迅速掰着手指数了数，现在是六月，半年后就是十二月。原来如此，对我们来说或许刚刚好。

"知道了，那就十二月。"

"嗯。"

曼波鱼的面前有一只白色水母，曼波鱼毫无表情地靠近它，瞬间一口吞下。

"哇！"我们趴在水槽上发出惊呼。曼波鱼在水里懒洋洋地游着。

双方的攻防全部发生在水里，与其说是攻防，不如说是回收，曼波鱼对水母的回收。

我们盯着曼波鱼看了一阵，它似乎厌烦了，游去了河豚的水槽。

"它好像在笑……"

从正面看上去，河豚的嘴角确实像在笑。

河豚不同于其他鱼，据说可以在水中静止，同时鳍能超高速运动，以此来保持身体平衡，类似体育中的花样游泳、鸟类中的蜂鸟。

"你看，"她对着我说，"它果然在笑。"

小小的河豚一边超高速地振动着鳍，一边瞪着我们，嘴角上扬，似乎在为了什么高兴。

"很明显在笑啊。"

我们非常喜欢这只小河豚，并肩站着看了它好久。

自从和她只在周末约会后，我和坂本在一起的时间增加了。我们同班，相处的时间不知不觉就多了起来。

坂本是个内心温柔的小胖子。他运气不太好，只要出门带伞，就肯定不会下雨，准到让人怀疑他是不是掌控着天气变化。他总是戴着一副黄色镜框的眼镜。

他喜欢我们班的饭冢美智子。一发生什么事，饭冢就会害羞地笑。笑到忍不住，害羞到不行，她就是这种笑法。我非常理解坂本喜欢她的心情。

"饭冢真不错……"

每逢一起喝酒，坂本必定谈论饭冢。就像吃到了天上的点心，一脸甜美地喋喋不休。饭冢有多漂亮，饭冢的声音有多好听，饭冢的身材有多让他无法自持，饭冢的笑容有多温暖，饭冢、饭冢、饭冢、饭冢……坂本对她的赞美不绝于耳。

老实说，饭冢没有漂亮到那种程度。无论身材、声音，还是笑容都称不上特别。简单说，她就是一个普通人。可一旦我这样说，坂本就板起脸来。

"你、你说什么？"

"不是，我是说饭冢确实很不错，只是没有你说的那样特别。"

坂本瞪了我一会儿，满脸写着"难以置信"。

"你说得不对。"

坂本似乎在用下腹发声，说完他眨巴两下眼睛，用手扶一下镜框。我们四目相对，心里有相同的感想——难以置信。

我也曾建议他，如果那么喜欢她，就去表白。

"我知道……"一阵长长的沉默后，他接着说，"我全都懂，只是想成为一个能配得上她的男人。"

啊！我不禁在心里想道。假如饭冢真如坂本所说那么优秀，那么坂本得成为一个多么优秀的男人才能配得上她！你到底要花几个世纪才能变成那种人……

坂本似乎把这件事当成了一扇特殊的门后正在进行的特别舞蹈。也许他想象出了一扇不存在的门，他和饭冢正在门后跳着华美的舞蹈。

然而，在那里跳舞的人不是饭冢，更不是坂本。坂本跳不出那样轻盈的步伐，饭冢也不见得喜欢。

坂本是个优秀的男生，我在学习上遇到麻烦向他求助时，他总会把整理得井然有序的报告拿给我看。他不仅优秀，还是个好人。

能写出那样优秀的报告的男人怎么在恋爱中就无法保持理性？他的恋爱报告只能打零分，就算宽大处理也只能给三分。这难道就是传说中"爱是盲目的"？

天上盖着一层厚厚的云。那天，我和坂本在日暑下。我吃完炒面面包，正在喝咖啡。抬头一看，光线明亮得刺眼。梅雨季节过后，阳光日渐强烈。

坂本吃完螃蟹面包，打开一袋干脆面。我伸出右手，说："给我点儿。"

坂本小心翼翼地把袋子侧向一边，堆出一口就能吃下的小山模样。我曾经有一次接过袋子直接倒进了嘴里，从那之后他就慎重了起来。

我们边吃边发出咔嚓咔嚓咔嚓的声响。和坂本在一起后，对我和她有特别意义的日暑就变成了一个单纯的进食场所。

"对了，"坂本说，不过他隔了好一会儿才接着说，"如果你方便的话……"

"什么事？"

"今天放学后你能陪我一下吗？"他似乎难以启齿。

"可以，去哪儿？"

"木户家。"

木户……听说坂本每个星期二都会去木户家。二人也不干什么，只是吃吃火锅、喝喝酒。

"木户。就是那个吃撒盐米饭的人？"

"嗯，嘴是毒了点儿，不过是个好人。"

木户是坂本在山形县老家时候的学长，因为沉迷赌博机不上学，所以虽然比我们大两岁，却和我们同级。坂本为了帮他拿学分，考试前会给他资料。据说这位木户的事迹就是吃撒了盐的米饭。

"行，一起去吧。"

我也想见见吃撒了盐的米饭的人。

"真的？"坂本看上去很高兴，"你吃干脆面吗？"

坂本在我的右手里又堆起了一座橙色的小山。

我发出了咔嚓咔嚓咔嚓的声响。

七月中旬，距离我和她放慢脚步已经过去了四十天。

我看着掉在草坪上的干脆面，绿色和橙色的组合衬托得草坪分外美丽。

"他虽然态度蛮横，不过本性善良。"

在去往木户家的途中，坂本数次对我说。

我们中途绕道去超市买火锅食材。坂本毫不迟疑地把食材放进购物篮，似乎他每周都买。白菜、大葱、茼蒿、金针菇、蘑菇、豆腐、粉丝、鸡肉、鱼肉肠……鱼肉肠？最后他买了一个银色的大篦子。

我们拎着超市的购物袋向木户家走去。穿过商店街，跨过天桥，经过有卡车出入的物流公司，转过小路。坂本指着远处对我说："就是那儿。"那里有一座旧工厂似的房子，对面是一棵大树，枝叶间隙可以看见土黄色的墙壁，那儿就是木户的家。

"对了，"坂本说，"他是个超级没礼貌的人。"

"我知道了，不过他本性善良，不是吗？"

"也不是……实际上，很难说。"

茂密的大树堵在公寓入口，树干上挂着一个木牌，上面有"野毛公寓"字样。

"不过他肯定没恶意。"

我们先后从大树的枝叶下面通过，墙上并列着凸出的燃气表，每个对应一户。我们向五扇仿佛被太阳灼烧过的红褐色大门的最里面走去。

"如果发生了什么，希望你能原谅他。"

——坂本一脸严肃地对我说，我点了点头。"拜托了！"坂本说着，就面向房门。门牌上有以前留下的痕迹，上面用铅笔画着一个小小的叉。

坂本咚咚咚地敲门，嘴里喊着"木户"。

"木户——"他再次喊道，并敲了敲门，"不在吗？"

坂本熟练地打开生锈的邮箱，手伸进去摸索了半天，终于从一堆旧广告单下摸出了钥匙，插入锁孔。伴随着一声朴素的咔嗒声，门开了。

"请进。"

我走进玄关。里面是一个不足六叠①大的昏暗房间，大概四五叠的模样。玄关右边有一个简单的水池，左边是厕所的木门，墙边堆放着没叠的被子，电视机就放在地板上，旁边摆着十几个酒瓶。

坂本从我旁边走过，先走进房间。房间中央有一个小桌，上面放着大大的烟灰缸和似乎刚吃完的鱿鱼的盘子。地板上散落着五六本杂志，被子旁有衣服和毛巾堆成的小山。

坂本把买来的食材放在水池边，默默地开始收拾杂志。我缓缓地脱下鞋。

"你随意点儿啊。"

坂本把被子折了三折后放在墙边，接着又开始叠衣服。

"我没法随意！"

我站在原地看着坂本。坂本笑了笑，继续叠衣服。叠完后又开始收拾小桌上的垃圾。

我再次环顾房间。水池上方有一扇小窗，是整个屋子唯一的光源，因此越往里走越昏暗，尽头有一扇大窗，但是那里一片漆黑。

"这扇窗没有挂窗帘啊。"

"没必要嘛。"

---

① 一叠指一张榻榻米的面积，约合 1.62 平方米。

我走近窗户，向外看去。眼前就是隔壁建筑的涂装铁板墙，完全遮挡了外面的世界。窗帘的作用是遮挡光线和视野，在这里确实没有必要。

坂本丢完垃圾，大敞着房门。

"你能打开窗户吗？"

我拉了一下重重的窗户，风慢吞吞地漏了进来。我向下看去，那里放着三个崭新的纸箱；向上看去，能看到缝隙间遥远的天空。

坂本手里拿着长把扫帚，开始扫地。

"我问你，"我说，"你为什么要做这些事？"

"没办法嘛！"坂本说，"不说了，你随意点儿啊。"

"我没法随意！"

坂本笑着，沙沙地从角落扫到门口。

该说什么好呢？他为什么要做这种妈妈才做的事？而且，我也很久没见到有人用扫帚打扫了。

坂本扫除完毕后又站到水池前，往大铝锅里注水，把海带放进去，接着又拿出菜板来切白菜。

"用我帮你吗？"

"不用了，这儿太窄。"

水池附近没有换气扇，因此只开了一扇小窗。燃气灶是单眼，水池狭窄，我想帮忙也站不下。我盯着坂本忙碌的背影。

"我一直想要这个。"坂本像哼歌一样说。他把切好的白菜放在刚从超市买来的银色篦子上。仔细看去,菜刀和菜板也像是新的。

"不会菜刀什么的也是你准备的吧?"

"是啊。"坂本答道,听他的语气似乎觉得这很正常。

咚咚咚,坂本切菜时发出了轻快的声响。大葱、茼蒿、金针菇、蘑菇,他处理完陆续放在篦子上,最后抓了一把粉丝,利落地系了起来。究竟该说什么好呢?

准备好火锅的材料后,坂本又开始洗东西。我坐在小桌前等他。

"不知道木户会不会早些回来。"

坂本洗完后,打开了房间里的灯。荧光灯啪啪地闪烁着,还发出了唧的一声怪响。房间终于有了些光亮。

"谁知道……"

我盯着坂本,他在我斜对面坐着,不知道为什么看上去很高兴。我无事可做,于是打算开电视。

"抱歉,"坂本说,"坏了。"

坏了的电视……和不能储水的泳池、打不开的伞、昏暗的窗一样,都是无法抵达的梦想。我想说些什么,转念又放弃了,可吐槽的地方太多了。

我们沉默了一阵,无事可做。中午吃了炒面面包之后就没再吃东西，我饿了。

"我们开始做火锅吧？"我说。

"不行。"坂本毫不犹豫地拒绝了我，一副毅然决然的表情。

"我饿了。"我说，"虽说义理人情很重要，可是眼前的食物应该优先考虑。"

"绝对不行！"坂本眼镜后面的小眼睛放出了凛冽的光。

他的眼神是什么情况？我在心里想，再等一会儿倒是无所谓，这家伙顽固的脑袋倒是亟须改造。

"你真傻！现在开始做，没准儿做好他就回来了。世间万事就是这样发展的。空腹干等，他就算要回来也不回来了。"

"怎么可能？！胡说八道。"坂本横眉瞪着我。

"你看来还不太了解木户。"我引导他，"住在这种房间的人对食物的嗅觉灵敏得很，一定会瞅准时机回来的。"

坂本一脸震惊，似乎想起了什么。

"这样等下去等于小看了木户，他可不是那么小气的人，对吧？"

坂本似乎在沉思。

"住在这里的人在对待食物上相当厉害，相信我吧。"

坂本扶了一下镜框，轻轻地说了一句："好吧。"

最后火锅做好了，木户仍没有回来。

坂本关上燃气灶，一脸茫然。

"先上菜吧。"我轻快地说。

在小桌上摆好盘子、筷子和杯子，把旧杂志放在中间，小心翼翼地把火锅放在上面。

"火锅好得太快了。"我笑着对一脸茫然的坂本说，"我觉得先吃豆腐类，他很快就会回来的。"

"我不知道。"坂本的声音听起来很失落，"不过既然已经做好了，也只能吃了。"

"你说得没错，没办法，先吃一点儿吧。"我迅速掀开了锅盖，热气和着香味一齐冒了出来。"哇——"我满脸笑容，"好香啊！"

铝锅虽然被摔了几次，凹凸不平，不过做出的食物却是人间美味。食材们团团挤在锅里，各自热腾腾地宣示美味，颜色也上乘。

想来已经好久没吃火锅了，我用勺子捞起豆腐放在盘子上，呼呼地吹着热气放到嘴边。豆腐碎片带着恰到好处的热度掉进肚子里，坂本坐在我的对面吃起了鱼肉肠，眼镜表面起了一层雾。

"对了，"我说，"为什么要买鱼肉肠？"

"因为它能熬出很香的汤。"

"真的？"

"真的。"

坂本终于有了笑容，伸手从电视机后面拿出了一瓶波本威士忌。酒瓶上像魔法一样印着"坂本"。这个房间有许多奇怪的地方，就像找错游戏。

我们把威士忌倒入杯中，慢慢啜饮，边吃边赞叹着"味道不错"。就在我们流着汗、呼呼地吃火锅时，木户突然回来了。

"哦！"木户对着火锅说，而不是对着初次见面的我。

我倏地紧张起来，说："不好意思，打扰了。"

"嗯。"木户简单应了一句，径直走来。他刚坐下，就伸出筷子夹鸡肉。"真好吃！"木户说着"鸡肉、鸡肉"将筷子伸到锅里找鸡肉，边吃边大声说，"这个真香！"

"我姓大野，初次见面。"我说。

"嗯，听坂本说了。这个真香！"

木户起身走到窗边，探身出去从下面拿来一瓶威士忌。

"欢迎你，大野！"木户拍了拍我的肩膀，笑着说。接着又转向火锅，嘴里说着"鸡肉、鸡肉"。坂本开心地看着我们。

"木户，"我说，"窗户下面的纸箱里面全是酒？"

"嗯。"木户把威士忌倒进杯子里，"幸好酒暂时安然无恙。"

"那么多酒用来干吗？"

"哎呀，别问了。"

木户说罢，一旁的坂本突然垂下了眼睛，似乎在说："别再深究了。”

“那个……我不会再干了，别担心。”木户说着，将威士忌一饮而尽。

“发生就发生了，一次而已。”我也将杯里的波本威士忌一饮而尽。

“你干吗多管闲事？”木户再次将波本威士忌一饮而尽。

“虽然也有法律层面的原因，不过我觉得你还是不要做让坂本伤心的事为好。”我再次将威士忌一饮而尽。

“你……”木户说，“这句话说得很好嘛！”

“白菜也很好！”坂本大喊一声，似乎在转移话题。

“哦、哦！”木户伸手去拿勺子，可捞起来的还是鸡肉。

态度傲慢但本性善良的人只吃肉，而小胖子只吃鱼肉肠，他似乎不是在客气，而是真的喜欢吃。他们喝酒的速度相当惊人。我们有一搭没一搭地聊着天，边吃火锅边喝酒。

木户明显地释放出了难相处的信号，不过大体上还算是个单纯的好人。虽然事后听坂本说，只是因为有食物和酒才会这样。

火锅吃得差不多时，三个人都醉倒了。

坂本又说起饭冢，诸如今天和饭冢说话了云云。他不是想说给我听，而是木户。不知道木户有没有听进去，只见他正在吞云吐雾。

"你有女朋友吗？"木户问我。

"嗯，有。"

"什么？"木户用余光瞪着我，"有女朋友还来这儿？"

我向他们解释了每周通三次电话和约会一次的交往方式，说这是我们自己做出的决定。

木户一言不发地抽着烟，说："我就是单纯地想问你一个问题，可以吗？"

"嗯。"

木户熄灭了烟头，转向我说："决定好周末见面，这能叫恋爱？"

"嗯，是恋爱。"

"是吗？"木户说着，目光从我身上移开，"我不太懂，可能有很多种恋爱方式吧。"

木户一副兴味索然的样子喝起了威士忌。一旁的坂本又开始了对饭冢无尽的赞美。

"木户。"我提问了，用坂本也能听到的大声问，"虽说义理人情很重要，可是眼前的食物是不是应该优先考虑？"

"你在说什么？"木户说，"那不是理所应当吗？"

这回轮到我一副"你听到没？"的表情看向坂本。坂本则吃惊地看着我，像一个学到新概念的善良使徒。

下个星期二我们又去了木户家，不知道为什么下下周也去了。在超市买完食材后，我问坂本："你为什么对木户那么好？"

"在老家的时候，他帮了我很多。"

木户家离车站和超市都很远，途中已经能看见圆圆的夕阳了。

"他过去穿着很讲究，也很有钱……"

坂本目视着远方说道。我们拎着购物袋走过天桥。

"可我……"坂本走在天桥中央时说，"因为他，我才没被欺凌。"

夕阳西照，坂本的眼镜反射着白光。天桥下，一列银色的电车正在驶过。

过去讲究穿着的木户如今不管我们在不在，都以他自己的节奏生活，睡觉、起床、喧嚷、叫骂、命令、突然激动、默默沉思……全由他的性子。

他全身上下很适合一个词——本能。有时说着非常感性的话，有时又强烈主张那不知所云的观点，而且动辄开始说教。

有时，他对因恋爱而烦恼的坂本一本正经地说教："我说你，学生的本分是什么？"我心想，这种话唯独你没有资格说。可坂本在回去的路上竟然反省自己应该更努力学习……

坂本为了木户兢兢业业地做火锅。鸡肉为主时，就会放鱼肉肠；猪肉为主时，就会放饺子——他似乎下定决心要为他这样做。不过我倒是对猪肉和饺子的组合没有异议。

"火锅真好!"木户坐在火锅前,用只有这时候才会有的温柔声音说,"火锅是最棒的烹饪法,对吧?"

每当木户称赞火锅时,坂本看上去都高兴极了。

吃鸡肉锅时,他喊:"鸡肉、鸡肉!"吃猪肉锅时,他喊:"猪肉、猪肉!"反正不管哪一种,他都只吃肉。

"木户!"我有时会对他大声喊,"那肉是我的!"

"别烦!"木户也会大声顶回来,"我不是说过,肉不能久放嘛!"

肉不能久放——木户的理论总是莫名地让人信服。

一无所有的房间里,唯独窗下存放了许多酒。木户酒量惊人,坂本更是不可估量。他们从头到尾始终一个节奏,慢慢地、不停地喝。当我和木户都喝醉没法再喝的时候,坂本一个人也继续喝,接着说起饭冢。

"怎么还是美智啊!你这个没长进的家伙!"木户把饭冢美智子称为美智。

"有什么不好?你听我说嘛!"

面对烂醉如泥的我们,坂本滔滔不绝地赞美饭冢。在眩晕的意识中听了他那番话,就会真的以为饭冢是个天使。

"可是最近的饭冢太冷淡了。喂,听我说啊!木户……"

"真烦,我在听。"木户把胳膊肘撑在桌上,又滚了下去。

"今天她对我说，坂本，你听好，我必须去上课⋯⋯"坂本总是一个人滔滔不绝。

"喂，你，"木户在地板上翻滚着，用脚尖踢坂本，"就把我当成美智拥抱我吧！"

"你说什么？怎么可能？"

木户缓缓地站起来，从坂本身后一把抱住了他。

"来吧，我是美智哦！"

"不要！放开我！"

"不许拒绝！"我也叫喊着去踢坂本，看着他们二人嗷嗷大喊的样子忍俊不禁——或许只是因为我醉了。一旦烂醉如泥，回家就变得麻烦，于是三个人争抢着被褥睡觉。

"木户，"我有时会问他，"为什么我们要对你使用敬语？"

"嗯？什么为什么？"木户反问我，"不过，这不挺好？正因为没有敬意，礼仪才是一种方便的存在。有些话只能在这种关系下说出。"他说罢，陷入了沉思。

"仔细想想，礼仪真是个好东西。可以入选世界三大美德了。"

木户的理论总是莫名地让人信服。

上学期的期末考试结束后，整个校园进入了暑假。

听说她在亲戚的公司里帮忙。我们依然每周见面，避开混杂拥挤的景点，去购物和看电影。

我和坂本也做起了帮人搬家的短期兼职。搭乘电车抵达单位，再分别坐不同的卡车去陌生的地方，从陌生的地方搬到另一个陌生的地方，有时还会得到陌生人的谢礼。

每逢星期二，我们下班后会在单位集合，然后直接去木户家。从那次之后，我们每周都去木户家。

每逢星期一，我都会想起木户。到了星期二，虽然没有特别想去他家，但和坂本在一起就总会去。我可能被坂本骗了。

木户家只有电风扇。把窗户全开后再将电风扇调到最大风量，比想象中舒服些（还点了蚊香）。我们三个人汗流浃背地吃着火锅喝着酒，有时还一起去澡堂。

有一天，木户突然想起了似的问："对了，美智是个怎样的人？"

猪肉锅还剩下大半锅。我说："挺普通的一个人。"

"才不是！"坂本生气地说，声音从小腹用力发出。

木户搁下筷子说："喂，给我看看她的照片！"

"傻了吧，木户？"我说，"他怎么会有人家的照片？我说得没错吧？"

坂本一言不发。

"不是吧？你真的有？"

坂本继续沉默，怎么看都像有。

"很少……"坂本开口道，接着从钱包里拿出了照片。

塑封的相纸上，饭冢扭着身子憋着笑。木户认真地盯着看，坂本在一旁满脸担忧地看着他。

"原来如此……"木户的目光从照片上移开，叹了口气说，"很厉害嘛，坂本！"过了一会儿，他继续说："美智很好，非常好！"

坂本羞涩地扬起嘴角。

"我全力支持你哦！"木户说罢就陷入了沉默，仿佛在感慨什么。饭冢的某种东西似乎拨动了木户的琴弦。据说饭冢似乎是东北人。

就在木户沉思的时候，我们吃了很多肉。

九月，我依然周末和她见面，星期二去木户家。这样的生活似乎会永远持续下去。

上周六，在她的提议下我们去了横滨。星期一，我掐着时间给她打电话。她接起电话后先嘻嘻嘻嘻地笑了几声，她说按时响起的电话就像隐藏着秘密，好笑极了。气氛活跃起来后，我们聊着毫无交集的话题。

她被猫咬了，生了口疮，她说猫没有恶意。据说吉娃娃和达克斯猎犬杂交会生出名叫吉·达克斯犬的后代，不及吉娃娃身长，接近身短的达克斯猎犬，这样还有什么意义——三十分钟后，我们挂断了电话。

在开着空调的凉爽房间里，我看着日历，离十二月还有三个月。我们会在三个月后做爱。

我想起了和前女友做爱的场景。

在那之前，我的大脑和身体有一股奇怪的感觉——强烈地想要进攻。可是为什么？我明明那么想要，还为此精确计算，可一到了关键时刻大脑就清醒过来。我考虑着之后怎么办，正在运动的自己和给我反应的她就像陌生人，我在想什么时候做爱变成了一种自然的行为。

结束后，她说有些不可思议。我当时抱着她，被她的触感打动，她像羽毛一样轻盈，像棉花糖一样柔软，舒服极了。我感觉自己似乎化了。

我和她交往了一年就分手了，她现在在做什么呢？我在心里想了一下。

暑假结束后，下学期开始了。

假期结束后，喧闹的教室增加了三对情侣。一对普通情侣和两对傻瓜情侣，他们似乎都度过了有意义的假期。

坂本可能没注意到，饭冢似乎在和别人交往。如果情况属实，那可有点儿遗憾。坂本和饭冢在一起没准儿会很合适。

不过这也是没办法的事呀，坂本。我们在假期里帮助三十六户人家搬了家。结婚、生子、搬家——这世界上三大人生转机的其中之一，我们竟然参与了三十六次。在这期间，一两对情侣很简单就能培养出来，没办法呀，坂本……

我依然周末和她见面，星期二去木户家。蚊香和电风扇也渐渐要退出了。

和木户在一起，我总是笑得肚子痛。

和她在一起，我有时会感到淡淡的悸动。

某个小小的东西像音叉拍响似的震颤了我的心房，渐渐地，那声音越来越弱，直至消失。当去倾听是否真的消失时，还能隐约听到。这种时候，我就会欣喜地想写在日记里。

我现在，在某处的中途。

我现在，在哪里的中途？

夏天的余韵渐渐消散，秋天来了。

关于饭冢的小小疑虑逐渐变成了担忧，我近乎确信。坂本似乎还没发现，不过已经无法再隐瞒了。

终于，坂本疑窦丛生，问我怎么看。

我直视着他说："虽然我不确定，不过可能性很大。"

坂本怔怔地盯着我，说了一句奇怪的话："是吗？果然。"后来，坂本搜集了许多信息，得出了同样的结论，即饭冢在和某人交往。

我以为坂本会慌乱、哭诉，没想到他冷静极了，可以称得上是镇定自若。他一如既往地上课，一如既往地跟饭冢寒暄，一如既往地吃干脆面。我不知道他如何接受了这个事实，他眼镜后面温和的目光和以前毫无二致。

星期二，我们去木户家。在超市购买食材后，并肩向木户家走去。

"今天的火锅我来做吧。"我说。

"不，"坂本斩钉截铁地拒绝了，"我来做。"

从天桥上看不见夕阳，白昼变短了，我们默默地从桥上走过。到了木户家，坂本和往常一样做火锅，我们三个人和往常一样围坐在火锅旁，和往常一样倒满了酒。

木户还是只吃肉，坂本还是只吃鱼肉肠，火锅里的东西越来越少，酒也越喝越欢。坂本喝酒的速度可能比平时快了些，但表面上看起来和往常无异。然而，就在酒醉正酣、快要散场的时候，那件事发生了。

"木户。"坂本说完就陷入了沉默。他身后笼罩着严肃的空气。

终于要开始了吗？我在心里静静地想。坂本沉默了好一阵。

胳膊肘撑在地上、手掌托头躺着的木户缓缓起身，用打火机啪地点了烟，呼地吐出一个烟圈，问："什么事？"

坂本难以开口。木户咚咚地磕了磕烟灰，继续吞云吐雾。

"其实……"坂本低着头说，"饭冢交了男朋友。"

木户把烟摁在烟灰缸里，慢慢地把火熄灭，严肃地说："是哪个混蛋？"

"一个姓长泽的人。"

"他是谁？"

坂本是数据派，他开始对那个男生进行描述。男生名叫长泽一德，经济系，比我们大一级。他是静冈人，身高一米七五、体重六十公斤、褐色头发天然卷，听说是帆船部的副部长。

"帆船部？"木户打断道，"是那个帆船？"

坂本点了点头，木户被熊熊怒火点燃了。他怒吼道："开什么玩笑！"似乎帆船这个概念激烈地冲撞了木户的某条神经。

"帆船部的混蛋怎么能知道美智的好？！"木户看着我，"不对吗？不是这样吗？"

"嗯……"我支吾着。

"喂！"木户转向坂本，"我不同意！绝不同意！"

木户和坂本对视了一阵，坂本隔着镜框擦了擦眼角。

"我绝不允许！"坂本再也控制不住怒火，将脸埋在膝盖之中低吼道。

木户盯着他看了一会儿后移开了目光，拿起烟。啪的一声，他点了烟。乳白色的浓烟冲着天花板袅袅上升。木户目视前方，陷入了沉思。

"再喝点儿吧!"我劝木户喝酒,可他毫无反应。

"坂本也再喝点儿!"我拍了拍坂本的肩膀,"喝酒,都忘了吧。"

坂本慢慢地抬起头来,一口干了。

"木户,你也喝吧。"

木户依然直直盯着前方,将威士忌一饮而尽。

我也继续喝,像义务一样。

木户沉默着,坂本也几乎不说话。只有我,说着"今后的日子还长着呢""世界的一半是女人"之类无聊的话。

我发出的只是声音,然而持续发声是我当时唯一能做的事。我不断地发出"女人像星星一样多""一定有人能明白坂本的好""今后东北眼镜男人会大热"之类毫无意义的声音。在有人说些有用的话或者全都睡下之前,我必须不断发声。

然而,我快到极限了。我的声音越来越无力,越来越苍白。算了,还是喝酒吧。我努力了,够了。我慢慢地闭上了嘴。

万籁俱寂。房间里一片死寂。只有时间支配着没有声音的房间。

三个人各自面朝不同的方向,将威士忌送到嘴边。木户时不时地抽烟,坂本时不时地叹气。

只是,沉默没有我想象中那样难挨,没有不安,也没有不快。我甚至想,地球的夜晚原本也是没有声音的。

"喂！"长久的沉默过后，木户的声音从黑暗深处传来，简单却蕴含着巨大的力量，回响在黑夜中，让夜晚有了清晰的轮廓。

"你打算怎么做？"木户看着坂本问。

"还能怎么做？没什么能做的。"

"怎么会？"

坂本一言不发地看着木户，木户则把手放在身后，眺望着远处。

"我们干吧。"木户嘟囔着，盯着坂本。

"干什么？"

"那个帆船部的混蛋，痛扁他一顿！"

"那怎么行？"坂本快哭了。

"你只要下定决心就行，痛痛快快地揍他一顿！"

"太胡来了！"

"没有！"木户大吼道，"如果你接受不了，揍他一顿也是一种方法。"

"我做不到。"

"混蛋！"木户怒吼着，"你以后打算一直这样好坏分明？你就那么不想当坏人？"

"可是……"

"坂本！"我终于开口了，"这也是个办法！"

坂本一脸震惊地看着我。我很认真地赞同木户的提议。

"木户，"我说，"我们三个一起揍他！"

"好！"木户说着，邪魅一笑，"痛快地揍他一顿！"

"好主意！把他揍得落花流水！坂本，你不是还能喝吗？继续喝！"

坂本一脸狐疑地看着我，喝下了威士忌。

"帆船算什么！"

"就是！只有帆船不能原谅！"

"揍他个落花流水，再把船帆砸坏！坂本，干吗？"

"我倒不恨帆船……"

"你说什么？！"木户大声道，"而且，那种野夫怎么可能懂得美智的好！"

坂本仰头咕咚咕咚地喝下威士忌，小声说："我也觉得。"

"可是，木户，"我说，"那个混蛋明显比我们强壮！他可是体育部的人！"

"你是猴子？！人类可是会使用工具的！"

"工具？"

"没错！听好了，你记住！无论多厉害的肌肉都敌不过工具。"

"我记住了！"我往木户的杯里倒入威士忌。

我们后来继续喝酒，我和木户商量着如何痛扁那个帆船男。

坂本在一旁听着，默默独酌，偶尔还自言自语。接着，在我们问他"一起干吗"的时候，他终于点了头。

浓烟缭绕，我们烂醉如泥，大家都认为那是正经的办法，而且还经过了深思熟虑。虽然想法可能简单干脆了些。

第二天，我们醒来已是午后。

三个人依次洗了脸。我继续煮昨晚的火锅底，将早饭乌冬面煮了进去。坂本收拾残局，木户打开窗户。

经过简单的调味，乌冬面就完成了。我把它端到小桌上。三个人沉默地吸着面条。吸饱了汤汁的面条温暖了空空如也的胃。火锅底煮的乌冬面一如既往的美味。晴朗之后的乌云，火锅之后的乌冬面……

锅里转瞬即空。木户点了烟，吞云吐雾。我们各自以不同的姿势来消化食物。

外面晴朗无比，天气好得就连在阳光照不到的房间里都能感觉到。今天是星期三，我在心中确认，晚上她会打电话给我。

过了一会儿，木户把烟摁在烟灰缸里，用了很长一段时间把烟头熄灭，然后说："我们走。"

"去哪儿？"我问。

"去打架。"木户一副理所当然的语气。

木户迅速整理好，走进厕所。待他返回后，对我们说："你们也去一趟。"只有在这种时候，他的动作尤其麻利。

我和坂本依次上厕所。待我们出来后，木户已经在玄关等候。我们陆续走出家门。

天空万里无云，晴朗让人心旷神怡。在这样的好天气里，我们要去揍帆船男。

木户、我、坂本，三个人排成一列，就像角色扮演游戏一样。木户在队头，坂本在队尾，二人一句话不说。我们只是默默地往前走。途中，木户在垃圾场捡到一根木棍，将它拿在手里转来转去，说了一句"这个不行"后放回了原地。木棍倒在地上，发出了声响。

我其实是昨晚才知道木户是认真的，他真的要去揍人。而我和坂本既没有勇气，也没有经验。看到坂本失恋，木户认真地说出了揍人的提议。我昨晚麻木了，被他的气势征服，因此当时也是真心打算跟他去，而且认为三个人应该一起。

然而，黑夜结束，清晨到来。木户，这种事万万不能做！无聊的理由有很多：要考虑饭冢的心情，而且帆船男没有做错任何事。坂本肯定也后悔了。最重要的是，这是犯法的。

木户应该知道这些，所以昨晚木户的提议还是有意义的。意义就在于，让我和坂本变得认真，像现在这样前进。因此，我想这样就已经足够了，木户。

在通往车站的近道上，我们横穿了一个看起来像是儿童公园的地方，我在那里停了下来，低头向木户道歉："木户，对不起，我们停下吧。真的对不起。"

"什么意思？"木户缓缓地回头看向我。

"对不起，不能再走下去了。"

"原来如此……"木户低声说，"我知道了，你脱队了。"他缓缓吐了口气，看向坂本说："你呢？"

"我也觉得算了。"坂本小声道。

"是吗……"木户掏出烟，咚咚地甩了甩烟盒，"想脱队的尽管脱队，我自己去。"

"对不起，"我说，"我不能让你去。"

"你说什么？"木户停下了手里的动作，怒视着我，"跟脱队的家伙没关系，这是我自己的事。"

"不行，我不让你去。"

当我觉得木户在向我靠近的瞬间，我的左脸受到了冲击。咻的一阵风伴随着啪的一声响，我的眼前一片白，这才反应过来，原来是挨了巴掌。啊，我有多少年没有挨过巴掌了？我在想。

坂本从我的左后方走上前，说了句什么。木户怒吼道："那你阻止我试试！"他似乎踢了坂本一脚，坂本晕了过去。

"我不让你去！"

面对认真的木户，我竭尽全力地大喊。木户疯了似的踢打坂本，听了我的声音后回头看我。

"到此为止。"我说。

"只是嘴上说说，猴子也行。"木户气势汹汹地瞪着我，我突然想到猴子不会说话——虽然毫无用处。

"我只要赢了你就行吗？"

"什么？"

"先说好，我是不会输给你的。"

"谁怕谁？！"

木户把左手里的烟盒放在地上，毫不犹豫地靠近我，揪住我胸前的衣领。

"住手！"在这时，坂本大喊道。

木户有一瞬间停下了手里的动作，接着又揪着我向上提。

"住手！"坂本尖叫道，"同志们！"

同志们？木户和我听了，都静止下来。同志们？我们二人互相角力，用余光打量坂本。只见坂本大口大口地喘着粗气，嘴里还振振有词。接着，他摘下眼镜，收进胸前的口袋里。

"如果非打一架不可，那我们就相扑对决吧！"

他大口大口喘着气，用脚在地面画出一个圆形。在怒目相视的我和木户的周围，出现了一个相扑台。

"相扑对决！"坂本大喊。

与此同时，我绊住木户的腿，以衣领为支点毫不犹豫地把他摔了出去。我甚至听见了自己衬衫上的扣子啪嗒啪嗒散落在地上的声音。

木户滚在地上，发出了愤怒的吼声，随即抱住我的腰。我抓住他的衣领和腰带，毫不犹豫地左右甩动，绊住他的脚，企图再把他摔出去，可他死死地抱紧我不松手，最后我们一起摔倒在地。

公园的地面坚实又柔软，扬起了熟悉的气味。我吐出嘴里的沙土，把木户拽了起来，又摔了出去。木户光顾着吸烟，毫不运动，力气小得可怜。我把他扔出去，再拽起来，再扔出去，重复了数次。他起初还抓着我的衬衫不松手，后来就渐渐没了力气，可我不停地摔他。奄奄一息的木户趴在地上，摆出一个"大"字，烟盒就在他的身边。

我筋疲力尽了，把手放在膝盖上大口喘气，喉咙深处发出了奇怪的声音，我想停下却没有办法。

坂本慢慢走近木户。木户动了动手，说："走开！"看着坂本站在那儿一动不动，木户说："你给我走开！"

坂本走了起来，叫我跟他一起走。我站起来，和他一起跟跄地走出了公园。我们从公园外面回头看，只见"大"字的木户正在吸烟。

天空晴朗，空气纯净，风停了。在这么好的天气里，我把木户摔飞了，双臂上留下了木户的指甲抓痕。

一周后，坂本强烈建议我不要去。我也有同感。最后，那个星期二我们都没有去木户家。

　　我在自己的房间里寻思木户现在在想什么。我想给破烂的衬衫缝上纽扣，可是少了两颗。明明现在开始才是吃火锅的季节……回想起来，我们七月的每个星期二都在木户家。

　　我和坂本仿佛什么都没发生似的跟往常一样上课，对此一无所知的饭冢也是。在不知不觉中捡回一条命的长泽一定也还顺利地活着。唯独木户，被身为同伴的我们阻挡了前路。

　　星期五晚上，轮到她给我打电话。电话铃响了，我心想时间略早了，接起来才知道是坂本。

　　"喂！"坂本用像木户一样的语气说，"现在要去爬富士山。"

　　"富士山？什么情况？"

　　"刚才木户对我发出了指令。"坂本高兴地说，"我租完车去接你，你现在方便出门吗？"

　　"啊！"

　　"要去富士山，你可要准备好防寒服。"

　　"知道了。"

　　我看了看时钟，距离她打来电话还有段时间。我久久地暗自思忖，不知道她这会儿在不在。

"怎么了？"听她的声音，似乎吃了一惊。

这是我第一次改变约好的顺序打给她。

"我有点儿急事，"我说，"你现在方便吗？"

"嗯，稍等。"

她在电话那端变换了姿势，还传来了准备饮料的声音。

我把木户的事告诉了她，和木户的相识、木户的房间、木户和坂本、木户和肉、木户的话、帆船男和木户，还有在公园里惨败的木户。

"哇……"听完我长长的叙述之后，她发出了一声惊叹，"其实木户是在那个时候突破了某种壁障，不管是不是因为美智和帆船男。"

她真是个厉害的人。我听见她在电话那端嘻嘻嘻地笑着。

"可你却阻碍了他。"

"我难道做了一件坏事？"

"没有，怎么可能因为打人而突破呢？"

她果真是个厉害的人。她又嘻嘻嘻地笑着。

我告诉她要取消第二天的约会，这还是第一次。

"嗯，"她说，"你去吧，富士山。只要有完好无损的礼物就行。"

夜里十一点多，坂本来到我家。我坐上他租来的车，向木户家驶去。木户不仅什么都没准备，竟然还在喝酒。

"你在干什么？！"坂本说。

"你们来得太迟了。"木户被坂本催促着，磨磨蹭蹭地站起来。

"不能小看富士山哦。"

坂本督促着木户尽可能准备防寒衣物。木户就像一个被孩子催促的老人，一边叠衣服，一边发牢骚。最后终于在磨蹭中准备完毕。我们向富士山出发时已是一点多了。

坂本驾驶，我坐在副驾驶座上看地图，后座上的木户说了句"到了叫我"之后就睡着了。上了高速后，他甚至还打起了呼噜。

坂本把带来的 CD 放入光驱，我们在深夜的高速上随心所欲地行驶着。灵魂歌手高唱着"我们飞跃国境线"，接着是一阵靠近麦克的呼吸声和"我要去那里"的数度呢喃。

途径御殿场，进入富士山盘山公路后向山上驶去。驶上一段崎岖的道路时，木户醒了。

"这是哪儿？"

"富士山三合目①。"坂本握着方向盘回答。

"现在几点？"

"五点半左右。"

---

① 富士山从山脚到山顶分为十个阶段，每个阶段称为一个合目。

不一会儿，我们抵达了五合目，把车停在停车场。关掉引擎后，周围又重新被寂静包围了。此处海拔两千四百米，走出车外，气温低得超乎想象。天边已经开始泛白。

木户呻吟着小跑前进："好冷，好冷！"

我伸了个懒腰，跟在木户身后。到了停车场的边缘，木户突然"哇"了一声。他看着前方大喊："好厉害！"

我们赶到他的身边，眼前出现一幅绝景。

"哇——"

是云海，一大片云海！密集的云无边地连在一起，太阳从上面升起。眼前只有天空、太阳和云。

我们并肩站在那幅光景前。

"绝了……"坂本说。

太阳把云层染红了，云像一条带子缓缓流动着。

"真壮观！"我说。以前从文字和照片上知道的云海与眼前的简直无法相比。

"太厉害了！"木户兴奋地大喊大叫，"能带到坟墓里去。"

唯有木户的理论和眼前的光景可以产生共鸣。

我们当场席地而坐，继续眺望。我很早之前就喜欢上你了，虽然不能大声喊出，但其实我最喜欢你了，木户！

太阳缓慢升起。

"我现在全都明白了！"木户看着前方，"我已经过了全

"他可真任性……"坂本说。

我们向山顶爬去。抬头望去，富士山黑漆漆的，有些阴森，不过山顶比想象中近。

爬了大约十分钟后，坂本剧烈地喘了起来。他严肃地说，应该多休息，否则会得高山病。

我刚在心里感叹他真是个虚张声势的家伙，转瞬自己就体力不支了。

登山道上只有我们，周围除了我们的脚步声和喘息声再无其他。刚才还那样晴朗，现在四周已经被浓雾笼罩了。

我每走一步，都在回味木户的回答。既然打败了木户，我也必须下定决心了。可我该做什么？

"决心"这个词被我妥当地收入心中，仅仅这样我就觉得成功了。可却不是这样，大概只有明白是非对错之后才能使用这个词。我不懂，木户，我不懂啊！

大约五十分钟后，我们抵达了六合目。可那里立着一块"因落石和冰冻，山顶禁止通行"的牌子。

"我们小看了富士山啊……"坂本说。"嗯。"我附和了一声。我们席地而坐，呼吸急促到难以置信的地步。"空气变得稀薄了。"坂本说着，屏住了呼吸。

过了一会儿，有三名登山者上来。他们看上去像专业的登山队员，和我们不同，是站着休息的。全身上下穿着滑雪服似的装备，肩背巨大的双肩包，手里握着登山杖。

坂本走过去与他们进行了友好的对话，寒暄之后返回我身边。他们一行人向我们挥了挥手，从牌子旁穿了过去。

"据说到山顶要六个小时。"坂本看着他们的背影说。

这个季节基本上只有熟练的专业登山者才能攀登。山上的小屋关闭了，不得不自备水粮，攀登冻结的岩石表面时可能还会需要绳索。

"我们就在这儿撤退吧。"坂本说。

"木户止步五合目，我们止步六合目？"

"是啊。不过，我们可不满足于在此止步。"

坂本身穿牛仔裤和羽绒服，脚蹬运动鞋。我也是同样的装束，还戴了围巾。

"下次再来！"坂本笑着说。

一周后，我和她又恢复了一如既往的约会。

"好久不见。"准时到来的她笑着对我说。

时隔两周，的确是"好久不见"。我们按计划看电影、吃饭，然后牵手散步。散步于夜晚的运河旁，在长椅上坐下。

我迅速确认好周围空无一人，和她接了一个绵长的吻，我喜欢她柔软的嘴唇。风吹拂着她的刘海儿，掠过我的太阳穴。我们总是在所谓的黄金时机缓缓地离开彼此。她嘻嘻嘻地笑了。

"被看见了。"

"被谁？"

"月亮。"

我抬起头，天上有一轮大月亮。

在月亮的见证下，我们再次接吻。这次是短暂的吻。

拍打着岸边的水声从脚下传来，对岸的建筑星星点点地倒映在水面上。下个月就是十二月了，我眺望着运河，被冰冷的风吹拂着。远处传来一声扑通，我循声望去，水面泛起了涟漪。不一会儿，又传来了一声扑通，鱼影浮动。

"那是什么？"她问我。

"好像是乌鱼在跳。"

我们尽量远眺，凝望水面。过了一会儿，果然随着一声扑通，乌鱼入水了，随即又在其他地方跳跃。接着，两个地方同时传来了扑通扑通的声音。

"哇！"她惊呼，"为什么，为什么能跳那么多？"

"因为是满月。"我说。

"满月之夜，乌鱼就能跳那么多吗？"

她高兴地看着我。满月下的她在我的眼里格外可爱。

这时我突然想起了一件事，我把它写在下面。

这和我的意志、决心等毫无关系，说到底只是我的直观感受。一种非常舒适、甜美、温柔的感觉突然笼罩了我，以惊人之势自然地融入了我的身体。

——我只愿能呵护我们的爱情。

我们的爱情没有终点，也没有对错。我想呵护的仅此而已，没有获取，也没有给予，只是单纯地希望能够呵护那份感情。

这种感觉突然降临在我身上，让人难以置信。怎么可能有这种感情？可除此之外，又能是什么？

一点一滴地、小心翼翼地呵护它，即使长不大、变不浓，也无妨。我只愿能呵护它，呵护它。我觉得这样的愿望本身就是一种爱情。

在给予和获取的轮回中，我应该还会失去些什么。无论多么小心谨慎，我的懈怠和欲望都有可能伤害到别人。我也会一次次对自己感到失望吧。

因此，我希望自己永远记住这种感觉。满月之夜通过她降临到我身上的温柔，我希望自己永远记得。

新的一周，星期二。

我对坂本说要去木户家，坂本说他也要去，可我坚持自己去。我对他说，木户让你忘记美智，所以等你忘记后再去吧。

"只有这个……"坂本说，"实际上，我最近觉得樋口也不错……"

哦。我心想，樋口确实比饭冢漂亮，也是系里最受欢迎的人。

"樋口很不错。"

坂本雀跃了一阵，又满面愁容地说："可是老实说，我觉得饭冢更好一些。"

"我明白了。"我说，"总之今天我要单独去，反正你总是惯着木户，暂时先别去了。"

"是吗？"坂本说，"好吧，那你们可别吵架。"

"嗯。"

到了晚上，我向木户家走去。我绕到便利店而非超市，然后走过天桥。今天坂本不在，也没有火锅。经过物流公司，从大树旁的小路穿过，站在木户家门前。我敲门，大声喊"木户"。过了一会儿，门开了。

木户探出脸来，眼睛一眨不眨地看着我。

"干吗？怎么又来了？"

时隔两周的再见，感觉上却没有很久。

"喝酒吗？"我走进房间，把买来的鱿鱼干放在小桌上说，"今天没有火锅。"

"哦……"木户看着鱿鱼干，"不过咱们吃的火锅只有坂本会做。"

他准备了两只杯子。

我们一边嚼鱿鱼干，一边慢慢喝酒。两个人喝，不知为什么味道不太好。

"后来怎么样？有没有稍微浮上来一些？房间看来也没打扫。"

我环顾着四周。没有坂本，他连打扫也不会做。

"你是不是傻？"木户说，"刚有了念头，怎么可能马上发生变化。"

"我知道，就是说以后嘛，木户。"

"烦死了。"木户将酒一饮而尽，"不过，我告诉你一件事，你可别吓坏了。"他坏笑着继续说，"从富士山回来后，我还没抽过烟呢。"

"戒烟了？"我说。

"怎么了？"

"没有，我觉得是特别好的一步。"

"别说得那么高高在上。不管怎么说，我都不可能输给你。"

"是吗？可是相扑实力差距有些大吧。"

"都是纸老虎。"

"不过，你要是来挑战，我可随时奉陪哦。让坂本当裁判。"

我给木户的杯子里倒上威士忌。

"那家伙！"木户说着，扑哧笑了出来，"那家伙当时摘下眼镜大喊大叫来着？"

"嗯，没错。"我也笑了。

起初我们还慢慢啜饮，不知不觉速度快了起来。我们互相倒酒，然后一饮而尽。不知道为什么，喝酒喝出了气势来。

木户喝醉后，把鱿鱼干扔到了地板上。

我叫他别乱扔，他就不停地吵嚷："火锅火锅火锅火锅火锅火锅……"

"我才不要什么鱿鱼干，我要火锅！"

"我不是说了今天没有嘛。"

"啊！坂本！"木户趴在凌乱的被褥上，扑哧扑哧笑起来，满脸通红地说，"那家伙……"

"那家伙当时把眼镜摘了哦！"

我们发出一阵爆笑。

"他可是我最重要的朋友！"木户说。

"说什么傻话？"

"你看嘛，那家伙居然摘眼镜了哦！"

我们笑得前仰后合，一边说着眼镜，一边咕咚咕咚喝酒。莫名地好笑。一个眼镜就让我们喝下三大杯。

威士忌酒瓶一会儿就空了。木户跟跄着走到窗边，"喂！大野！"他大喊，"别吓到哦，酒没了！"木户惊慌失措地说，"这、这可能是某种启示。"

"我觉得没关系。"

"不……刚起了念头，就变成了这样。"木户滑坐到地上，嘴里嘟囔着什么，"我懂了！"他大喊起来，"你今天来就是为了这个。"

他的话在我心里引起了震动：他就是要像这样去突破一些东西啊！一想到这样帅气的木户，我就打心眼儿里感动。

"可是……"他又难为情地说，"怎么办？没酒了。"他捡起地上的鱿鱼干，边捡边塞进嘴里，一脸马上要哭出来的表情。

"要不我去买？"

"买什么买，已经三点多了，不卖了。"

"说什么呢？去便利店就行了。"

"不是吧？！"木户一脸震惊。

"你不知道？"

"不会吧？"

"真的！"

我带着难以置信的木户去了附近的便利店。招牌上有"酒"的字样，架子上也理所当然地摆放着酒。客人只有我们俩。

"喂，大野。"木户忍不住笑着说，"你真厉害，真的在卖啊。"

所以我一开始就说了——光是想着，都觉得好笑。在深夜里卖酒确实很滑稽。

"喂，"木户压低声音，向我招手，"鱼鳍烧酒，竟然有鱼鳍烧酒！"

那里堆放着杯形鱼鳍烧酒，标签上画着河豚图。

"哟，四百日元，四百日元哦。"

我们忍不住爆笑起来。店员警惕地看着我们，感觉却无动于衷。

我们选了一个大纸袋里的日本酒，打算拿到收银台。

"喂，"木户笑哈哈地说，"让他给我们热热？"

"你傻了吧？"我说。

店员面无表情地将小票和零钱递给我。我憋着笑，在心里对他说："你不懂。不过给你添麻烦了，真是对不起！"想到这里，我不禁笑出了声。

我们勾肩搭背地回到房间里继续喝，可没过多久就抵抗不住了。

克服了笑意，思绪又咕噜咕噜地转个不停。木户在一旁大喊大叫，我完全不懂他在说什么。刚入睡就醒来，再入睡又醒来，我在眩晕的意识中始终莫名牵挂着一件事。

——要给她打电话。今天是星期三，可是这个时间她肯定还没醒。可我必须要给她打电话，电话——

我还有好多事没告诉她，我的感受，和木户登富士山，还有木户让我们继续爬山……不仅如此，我还有好多事没告诉她。

我必须要告诉她坂本摘眼镜的事、我今天来这儿的理由、售价四百日元的鱼鳍烧酒，还有一无所知的冷漠的店员……我必须要说，要对她说！我在心里想道。我牵挂着这件事，和渐渐模糊的意识作斗争。

路边谈话

本多孝好

本多孝好

1971 年出生于东京都。毕业于庆应义塾大学法学系。1994 年，凭借《沉睡之海》获第 16 届小说推理新人奖。1999 年，收录有获奖作的短篇小说集《思念》发行了单行本，就此成为职业作家。该作品还入选了"这本推理小说了不起！"的前 10 名，文库本畅销 40 万册。2003 年，《可以入眠的温暖场所》为恋爱小说开辟了新道路，2004 年出版的《午夜的五分前》入围了直木奖。作为一名作家，他的未来值得期待。著有《一起孤独》《片刻》《正义的伙伴》等。

她说过可能会迟到，不出我所料，约定时间已过十五分钟，她仍然没有出现。我站在店前，寻思着她快来了吧。来往的行人纷纷向我侧目，似乎把我当成了可疑之人，我忌惮他们的目光，于是绕到餐厅旁的小路上背靠着墙。

七点十五分，星期五晚上银座的人行道上，结束了一周工作的白领们熙熙攘攘。考虑到她工作忙，我特意约在了她公司附近的餐厅，不过这似乎是徒劳。每当马来西亚中央银行放松资本管制，或者新加坡生产指数低于计划时，她就会加班。我不知道这些事对世界金融市场或日本经济有多大影响，但是肯定没有对我们两人生活的影响大。迄今为止，我们作废了数张音乐会门票，没能看完很多部电影的结局，还浪费了数次好不容易精心准备的晚餐，有时我为了不浪费食物而勉强自己全都吃下。

我把头靠在背后的墙上，鳞次栉比的大楼上方是东京特有的低矮的夜空。那里没有值得欣赏的东西，于是我百无聊赖地掏出手机，上面没有显示她的信息。我想给她打电话，又怕她以为是责难，只好作罢。没有联系，意味着她已经在来的路上了。

我放回手机，在心中思量这是第几次等她。她以前不是这样。学生时代，我们刚认识的时候，她绝对不会让别人等，至少没有让我等过。大学毕业后，我们都就职了，她从提前十分钟到，变成卡着时间点到，再变成迟到十分钟，迟到二十分钟……最后到了我要随身携带文库本等她的地步。这样一想，我似乎正是厌倦了无止境的等待才和她结了婚，然而现在却又变成这样……

　　我不禁发出一声叹息，转而变成了苦笑。最后一次约会还是不要迟到为好——这一理论变成了——最后一次约会就原谅她迟到吧。我不记得这是第几次等她，可无论如何这都是最后一次了。

　　我想走进餐厅等她，转念又放弃了。最后一次约会，我想至少要保持好礼节：微笑迎接赶来的她，为她打开餐厅门，就座，点餐，认真完成从餐前酒到餐后甜点的每个环节，结账，再为她打开餐厅门，就地分开。虽然这不过是无聊的形式主义，她大概也会笑我。不过，为了我们五年的婚姻，我还是希望在最后的时刻认真地告别。

　　我做好了要等很久的心理准备，从提包里拿出文库本，借着对面店里的灯光翻着书页。每过五分钟，我就探出头去看一眼餐厅门前，在不知道第几次的时候，我认出了从远处赶来的她。她身穿长裙，似乎不太方便奔跑，可她还是踩着高跟鞋嗒嗒嗒地全速赶来。她的步伐在行人中很是突兀，几个被她甩在身后的人甚至惊叹着停下脚步目送她的背影——这些从我所在的地方看得一清二楚。就在最近的十字路口，她停止了奔跑，向这边眺望。她似乎没有注意到仅探头出来张望的我，于是大大地松了一口气，慢慢地走了过来。我收起文库本，从小巷里走出来，站在餐厅门前。她看到了我，轻轻地向我挥手。我装作刚看到她的样子，也向她挥了挥手。她步履从容，缓缓地向我靠近。

"抱歉，又让你久等了。"

她走到我的面前时，气息已经完全平稳了。我如果没有看到刚才那一幕，会以为她一直都是以这样的步伐走来的。这一点她从未改变，从我们相遇开始。她从不为自己找借口，从来不说。我曾经喜欢她的这种干脆，却在不经意间变成了厌倦。

"没事，我没等很久。"

我说着为她打开餐厅门。我跟在她的身后走进餐厅，有点儿被震慑住了。店内是统一的黑白色调，角落里放着一架钢琴，女钢琴家正在淡淡地弹奏安静的乐曲。身穿深灰色西装的白发男侍站在入口，目光落在一份貌似预约表的文件上。我打电话预约时已经询问了价位，因此心中有数。即便如此，似乎还是选了一家不太适合的餐厅。我看到她从容不迫的表情，心想她或许因为工作的关系来过类似的场所。

我下定决心，告诉白发男侍预约一事，并为迟到向他道歉。他只是莞尔一笑，便把我们带到了位于中央的席位旁。每张桌子上放着同样的插花和蜡烛，周围有几桌客人正在安静地边谈笑边用餐。我身上的高级西装与他们穿的相比，还是相形见绌了。

男侍为她拉开座椅，我走到对面坐下，打开厚厚的一本菜单。她似乎察觉到了我的窘迫。

"我餐前酒选雪利，你呢？"

她以这种方式向我派出了一艘解救之船。我顺势而上，勉强点好了餐前酒到餐后甜点。男侍听了，低头说："好的，这就为您准备。"待他离开后，我终于松了一口气。

"选一家轻松的店多好。"

"没事，这家店就很好。"

我们微笑着交谈，大概是顾忌到当下的气氛，我们的笑容都有些过剩。我觉得坐立难安，便把目光投向了桌子中央的那枝白色插花。她看了一眼钢琴的方向，收敛起了笑容。

"对了，这个给你。"

她把视线转移到我身上，犹豫着从放在旁边空椅上的手提包中拿出一个褐色信封。

"啊。"

我伸出手，从她迟疑的手中接过那个褐色信封。虽然周围的人不会看到里面的东西，而且就算看到了也没什么可耻的，可我还是不打算打开。信封里应该只放了一张纸，跟意料中的一样轻盈。我甚至觉得它的轻盈不足以结束我们的五年，我们的五年只有这么轻吗？

"这件事，"她看着我手里的褐色信封说，"全都拜托你，真的可以吗？"

"当然。"我拉近自己的提包说，"近期我就交出去。"

我刚打开提包，她轻呼了一声"啊"。

"怎么了？"

"证人一栏我还空着。"

"哦，没事。我已经拜托社长了，请他和夫人为我们签字。"

我把提包合上了。

"这样啊。"她点了点头。

我现在在一家土木工程公司里担任住宅设计师。二十多年前，当时还是工头的社长和几名工匠一起创立了公司，他们很早就开始注重使用天然建材，因此当时在业内备受瞩目。我入社后，公司渐渐声名大噪，如今已经在关东一带设立了分社，有百余名员工，雄居业界第一。即便如此，社长依然没有丢失做工头时的精神，对仅是一名普通职员的我关怀备至。他给出的理由是"因为你是我们公司招聘的第一个大学毕业生"——这不能成为理由，还有诸如"你和我侄女同岁""你和我小姨子是高中校友"之类——他面对不同的人时有不同的理由。也许对社长来说，这世界上没有和他毫无关联的人。我原本对拜托他做我的离婚证人一事有所顾忌，可跟他一商量，他毫不深究，当场就答应了。那是上周末的事，今天我听到传闻说，他正在女职员中为我物色单身人士。我听了之后，甚至可以怪他多管闲事，可一想到这确实是他的作风，便不由得笑了出来。

"你公司的社长姓谷崎？我好像几乎没跟他说过话。"

她只在结婚典礼上和社长打过招呼，之后就没再见过面。有好几次机会能让他们见面，可我根本没想过要让他们聊天，因此直到今天都没能介绍他们认识。社长夫妇都不了解她，我也不知道他们能为我们的离婚证明什么。只是离婚申请书上面需要证人，至于是谁倒无所谓。极端地说，现在拜托男侍为我们做证也不是不可以。

"真的很奇怪。"我也点头道。

这时，男侍端来了餐前酒，我住了嘴。男侍不是刚才的白发男子，而是一个年轻人，他端正地施了一礼后，把酒放在了我们面前。男侍离开后，我们握着酒杯，看着对方的脸。事到如今，已经没有什么事值得我们举杯庆祝了。若是为了双方的将来举杯，又未免显得太戏剧。最后，我们只是暗暗地把杯子举到眼睛的高度，再各自放到嘴边。

"工作怎么样？"我把玻璃杯放回桌上，问她，"出了什么麻烦事吗？"

"嗯。"

她点了点头，目光上移，似乎要说什么。可就在与我的视线交汇后，她突然又笑着摇了摇头，似乎放弃了。

"怎么了？"我问。

"这五年里，我也像这样不断向你抱怨了，是吧？结婚前好像抱怨得更多？"她看着手中的玻璃杯，低声咕哝着，"事到如今才意识到，太迟了。"

"这种事我不在意。"我说，"也从没在意过。"

实际上，我不记得她向我抱怨过。工作上的辛苦确实听她说起过，不过都是些她消化后的话了，既不是抱怨，也不是哭诉，只是再普通不过的聊天。她竟然因为这种小事感到抱歉了？

"你所在的世界是我从没想象过的，光是听你说都觉得有趣。"我说，"好像自己也变得厉害起来了。"

"哪有。"她勉强地笑道。

工作不分贵贱——从某种意义上来说是这样的。她的工作需要时刻关注亚洲金融市场，我的工作是注意到高价房的特点并为之设计，我们的工作在本质上没有贵贱之分。可就算本质上没有差别，社会价值还是有差别的，从肉眼可见的薪水就可窥见。

假如她只是做普通的事务工作，无论薪水还是繁忙程度都与我不相上下；假如作废的音乐会门票半数没有浪费，假如没看到结局的电影半数一起看过，假如再在一起多吃几次晚饭……我们的关系是不是就会和现在不一样？

我怔怔地想着这些事，可事到如今再怎么想都是徒劳。

她喝干了酒，似乎在思考不同于我的"假如"。

"我说，假如，假如……"她把空荡的玻璃杯缓缓地放在桌上说。

"嗯。"

"假如我们有孩子，是不是就不会变成这样？"

我不由得看着她，她的表情没有发生明显的变化。一瞬间，我还以为她只是随口一问，转念一想这不可能。她没有说假如那时生下了孩子……

我得知她怀孕是在结婚一周年的时候，那是四年前，我二十八岁。然而，孩子没有出生。如果当时孩子出生，我们的关系或许就会与现在不同。虽然不知道是否能和睦如初，但至少不会是现在这样。有了孩子，夫妻关系也会发生变化。可事到如今，再说这些已是徒劳。

"或许有了孩子，就会变得不同。可如果终究会变成这样，那么没有孩子反而是件好事。如果有了孩子，我们的离婚就会变得更棘手。"

"是吗？"她咬着上唇，"你说得没错。"

"流产原因不详，至少不应归因于母亲。"医生这样说。就算她的工作没有现在这么忙，每天安静度日，流产恐怕也难以避免。这是医生的意见。我可以理解，而且总觉得以后还能再怀上。可她似乎不这样认为。如今想来，从那件事之后她就埋头工作了。我很赞成，如果工作能转移她的注意力，我觉得也不错。可如今回头看去，她似乎在为没有出生的孩子报仇。也许，作为女性的她隐约地感到那是她最后一次生育机会。后来，我们也和以前一样过着性生活，却再没怀上孩子。

看到男侍拿着葡萄酒向这边走来，她把旁边的餐巾拿来铺在腿上。我效仿着。男侍在我们面前分别放了一只玻璃杯，注入了葡萄酒。我虽然尝不出味道的差异，但还是喝了一口，嘴上说着"好喝"，点了点头。男侍微笑着朝我点了点头，继续为我们倒上。

他眼里的我们是什么关系？我看着缓缓注入玻璃杯里的红葡萄酒，在心里想。或许是庆祝结婚纪念日的恩爱夫妻，或许是庆祝大项目成功的公司同事……

男侍离开之后，我们又互相举起了酒杯。

"听说恋爱结婚的好处就是，"她把玻璃杯放在嘴边喝了一口，"有互相爱过的回忆。"

"谁说的？"

"妈妈。"

"啊。"

"昨天我给家里打电话了。听她说了不少牢骚话。我还没告诉她我们离婚的事，还有……"她说话吞吞吐吐，说到这里便看着我，轻声笑着说，"她哭了一会儿。"

"他们二位，确实。"

"嗯，他们是相亲结婚的，所以对恋爱结婚有一种奇怪的憧憬。"

"真是拿他们没办法呀。"她笑着说完，又喝了一口红酒。

我最后一次见到岳父岳母是在半年前。岳母过六十大寿，邀请我们去家里。大概他们那时候已经察觉到了我们之间的裂缝。

"她还有很多不足的地方，今后还请你多多包涵。"

我突然想起了当时聊着聊着就半开玩笑地向我深深低下头的岳母。

"夫妻是什么？就是……"我想起了醉酒的岳父在我耳边说，"睡在一个被窝里，总能想办法过下去的。"

他们都是善良的人。我为自己深深伤害了他们而感到良心轻微的疼痛。可我们又不能为了他们而维持婚姻。

"你爸妈呢？"

"啊，嗯，我们家，嗯，他们有点儿吃惊，不过没什么。"

"那就好。"

"你这乡下小子，我一直都觉得人家不会和你过太久。"前些日子，我打电话向父母报告了离婚一事。爸爸听了，在电话里苦笑着说，"就是有点儿可惜，那种美人的青睐你是不会再得到第二次喽。你真的想好了吗？"

想到这里，我重新审视坐在我面前、正要把红酒杯放到嘴边的她。她的容貌虽然称不上惊为天人，不过非常端正、标致。她化着淡妆，戴着精致的耳环，有着与她这个年纪相符的从容和优势。

我再也见不到她了。我想了一阵。她笑起来时只有右脸颊会挤出酒窝，鼻子稍微皱起来；思考时习惯咬着上唇……我即将失去这一切，总有一天我会后悔吧。

我们离婚没什么特殊的原因。她没有外遇，我也没有背负巨额债务。只是我们之间的某种东西确确实实地变质、褪色了。可能是她过于繁忙的缘故，也可能我过于神经大条，我不知道。若是将这种烦恼向别人倾诉，一定会被笑翻的。"婚姻生活不就是这样吗？成熟一点儿！"可能还会被这样说教。因此，我们对谁都没有提起过，也不会再提了。用语言无法解释的东西是无法撼动的。

男侍端来前菜，放在我们面前，简单地介绍了菜品之后便退下了。

"对了，你可不要误解！"她手里拿着刀叉，抬头看我，"跟我交往的这些年，你最棒的回忆是什么？"

"是什么呢？"我说着，陷入了沉思。

结婚典礼？新婚旅行？更早之前？我们的相遇？向她告白？第一次约会？然而，我想起的一切都早已褪色。不是因为我不爱她了，我珍惜这些回忆，只是仅此而已。它们说明不了什么，也无法让什么开始。

"被你突然这么一问，我还真想不出来。你呢？"

"我？"她笑了一下，"你第一次送我礼物的时候。"

"礼物？"我反问，"第一次送你的礼物是什么来着？"

"花啊。"

她看着我们中间的那枝白色插花说。然而，我却不记得为她买过花。

"不记得了？"她没有责备我，只是有些失望，"上学时我过生日，横村也在。"

听她这么说，我才想起来。我苦笑着说："哦，那个啊。"

"嗯，就是那个。"

她也笑了，伸手向上捏着那枝白色插花。

我们的相遇是在大一的春天。那时的日本比现在富裕，因此，大学生也比现在更活跃。虽说如此，这不过是普遍意义上的情况，不是每个国民都富裕，也不是每个大学生都活跃。我的父母虽然在老家开了一家杂货店，但是供我上学绝非轻松之事。仅凭他们给我的钱，连生活费都不够，因此我一到东京就找了份兼职。每天穿梭于大学和兼职之间，生活忙碌。

临近暑假的一天，我正在校园里走路，突然被人叫住了。向我打招呼的人是开学时参加的社团的同学。我虽然加入了社团，却因忙于兼职而几乎没有出席过任何聚会。

"你今天晚上有时间吗？"

现在回想起来，他不过是一个随处可见的普通大学生。然而，对当时的我来说，他就是东京大学生的缩影。父亲是大银行的分行长，穿着时尚，像是从时尚杂志上走出来的人。听说他也在兼职，是为了买车。他没有轻视我，也没有要嘲笑我。可在被他叫住的时候，我感觉忙于生计的自己被嘲笑了。是我误会了他。

"时间倒是有。"我不耐烦地回答。实际上，那天店里正好出了点儿事，我才有了休息时间。"怎么了？"

"她过生日。"

他指着身后说。他的身后站着一个女生，略显不安地看着我们。她也是同社团的同学，我只知道她是经济系的。

"我们决定大家一起庆祝。你要是方便，也来参加吧！"

看到他好心专程邀请不常露面的我，原本抱着逆反心理的我为自己感到羞耻。

"啊，谢谢！"我说，"不过，我可以去吗？"我瞥了眼站在他身后的女生说。只见她仍然一副担心的样子，或许是不知所措，在看着我们对话。

"当然可以。是我邀请你的，别客气。"

"那我就不客气了，我去。"

"那就今天晚上七点。"

他告诉我一家位于涩谷的意大利餐厅。

"我预约好了。"

"啊，嗯。"我说。

那时的我从来没有想过餐厅需要预约这件事。我回到租住的公寓，换上当时自认为最正式的衣服，在约定的时间赶到了餐厅。现在回想起来，那并不是什么特别高级的餐厅，可一想到那是大学男生为了讨好女生而拼命虚张声势预约好的餐厅时，我还是会心一笑。然而，对当时的我来说，如果不是因为这件事，我是不会去那种餐厅的。

他说了"大家"，我还以为会有很多人，结果到了之后才发现只有我们三个。不仅如此，在开餐前他拿出了一个小盒子，让我惊慌不已。为并非自己女朋友的女生准备生日礼物，这在当时的我看来简直无法想象，我只是以为大家会一起分担她的那份餐费。蓝色的小盒子里是当下流行的银项链。

"我不能收这么贵重的礼物。"

"你不收，我也没有其他用途。"

"可是……"

"漂亮吧？为了买它，我从上个月起增加了兼职时间。求你了，就收下吧。"

之后，他们二人就是否收下僵持了好一阵。那时候，就连没什么眼力见儿的我也能看出二人的关系。他喜欢她，但还不是可以单独过生日的关系，所以才需要我陪同。如果他们当场确立了关系，那么我也就没了用处。他们大概无法邀请社团里其他人来担任这种尴尬的角色，或者被大家拒绝了。总之，对此一无所知的我以一副尴尬的表情横亘在他们中间。

我生气极了，既为被卷入这种事而生气，也为不谙世事的愚钝的自己而生气。他为了还不是女朋友的人做兼职让我生气，她接受并非男朋友的人买的高价首饰也让我生气。顺便一提，那天是我好不容易得来的休息日，我也生店里的气。甚至希望来一场大海啸，把东京整个沉入海底……

"不行，我还是不能收。"

"对吧？"她看向我，似乎在征求我的同意。后来回头想想，那时的她一定困扰极了。可当时的我却没察觉到，以为他们不过是在按照既定的剧本演戏罢了。如果我是被指定的配角，那么我希望赶紧从舞台上离开。

我沉默着站起来，走出餐厅。餐厅窗户旁有一个小花坛，我进门的时候就注意到了。我从中摘下一朵盛开的黄色百合形状的花返回座位，向她递出了那朵花。

"嗯？"她说，"这是什么？"

"生日礼物。抱歉，是便宜的东西。"

"便宜的东西……你，这不是在那儿摘的吗？"他惊呆了似的说。

"你把这朵花和那条项链当成是我们俩一起送的就好。平均下来也没有那么贵了。也许分摊下来还是很贵，至少是半价嘛。"

我没有看他，一口气说完了这些话。他听了，表情啪地亮了。她刚说了一句"怎么可能"，就被他抢先说："没错！这样很好，就当是我和这家伙一起送的，好吗？"

我不再关注他们，默默地吃自己面前的食物。我想之后一定能按照剧本顺利地进行下去。作为一个快要离场的配角，必须要趁现在保护自己的利益。她的餐费由他来付，我只付自己的那份，也就是三分之一，然而就是这三分之一也超过了我一周的伙食费。

"那我就当成是你们俩的礼物，收下了。"

在一阵劝说之后，我终于听到她说出了这句话。果不其然！我没有抬起头，默默地边吃饭边在心里想。要不然，还是让他把我的这份也一起付了吧？

"什么嘛？！"

他不禁发出了难为情的声音，我抬起脸。只见她右手攥着那朵黄色的花，左手把放着项链的蓝色小盒子还给了他。

"好香。"她凑近花，微笑着看我们。他还想说什么，却被她抢了先。"谢谢，我很高兴。"

她凑近白色插花，闭上眼去嗅花香。"那时，你肯定很生气吧？"她睁开眼睛说，白色插花又被放回了原处。

"是啊，我很生气。"我笑着说，"还年轻嘛。"

"当时我可被你惊呆了，没想到你那样木讷。"

"是啊。"我也笑了。

"可是……"

"嗯？"

"大概就在那时候，我觉得如果能得到你的爱，说不定会非常棒。"她有些羞涩地说。

"还年轻嘛。"我说。

"是啊，还年轻。"她也笑了。

后来，他比我先结了婚，现在已经是两个孩子的爸爸。在我们的结婚典礼上，"我可是你们的丘比特啊。"他笑着说，"你们竟然走到了结婚这一步，看来我丢脸也丢得值了。"

诚然，要说起我们的关系，不得不追溯到那一天，可我们没有在那天之后立即亲密起来。实际上，我们正式交往是在一年以后。她偶然出现在我兼职的店里，我偶然出席社团活动时坐在了她的身边，上学路上偶然搭了同一电车的同一车厢，我手里的文本库偶然是她刚看过的小说……我们还需要一些偶然，才能走上后面的路。后来的某个时刻，我突然不再把偶然当成是偶然。

那么多店，她为何偏偏走进了这家？还是在我值班的时间？

那么多人的屋子里，她正好坐在我身边的概率有多大？

搭乘同一电车的同一车厢有可能是偶然，可我手里的文库本正是她刚看过的小说也是偶然吗？

就这样，在经历了若干次偶然之后，我们终于接受了这小小的奇迹。虽然现在说来相当害羞，我这样想确实也是没办法的事。我果然还是太年轻啊！如今的我一定会这样忠告过去的自己——无论大小，这世上都不存在奇迹，有的只是偶然。偶然重复多次，看上去就像有了方向。然而，那也不过是偶然而已——如果我这样告诉他，他会是怎样的表情？

他恐怕依然会选择向她告白。没办法，对那时的他来说，已经想象不到没有她的世界和没有她的未来了。

可是，你——可我还是要给他忠告——告白倒是可以，还是再好好考虑一下吧！精心准备一份礼物，认真看着她的眼睛，反复练习的台词反正也用不到，干脆就早点儿睡觉，为明天做准备吧！

这些忠告恐怕也是徒劳。他的脑子里只想着该如何传达自己的心意，甚至没工夫考虑要带什么礼物。因此，一站到她的面前，练习了好久的话都不知道跑到哪里去了，最后连她的眼睛都没有认真看清楚，不断眨巴着因熬夜而通红的双眼，看着她的脚尖含混不清地表达了心意，看上去像在生气。

主菜端了上来，分别摆在我们的面前。

"好吃。"她吃了一口蘸酱的菲力牛排，说，"哪怕是这种时候，好吃的东西仍然很好吃。"

我也吃了一口自己的鸡排，说："啊，这个也很好吃。"

"是吗？"

"嗯。"

换作以前，接下来我们会各吃一口彼此的菜，可今天我们谁都没有这样做。我们沉默着，默默地享受自己面前的食物。突然，我注意到了她拿着叉子的无名指上还带着婚戒。我的无名指上也还戴着。后来我是什么时候摘掉的？或许是那天回去之后，或许是走出店外、目送她的背影直到再也看不见的时候。她是什么时候摘掉的？

"接下来你要做什么？"吃到一半的时候，她问我。

"接下来？"

"一个人在家里，房子不空旷吗？"

上个月她从家里搬了出去，我一个人生活。两个人生活在一起的时候略显拥挤的房间，只剩下我自己的时候竟然有些空旷。那是我为了和她一起生活而租的房子，我自己住在里面着实无法安宁。

"啊，嗯，房子，我正在物色。"

"哦对了，你可是专业的。"她笑着说。

如果把我的工作粗劣地分类在房地产行业，找房子确实也算得上是我的专业。实际上，我拜托了在工作中认识的房地产从业人员帮我找房子，我的专业说到底还是住宅设计。而且，我很想把我的专业能力用于我们俩身上，我想为我们的家描绘设计图。不是非要在实际中建造一所房子，这要从长计议。在每个等待社长回公司的夜里，我都会独自画图。

首先是具有开放感的玄关，其次是采光充足的起居室。我们都不擅长做饭，因此不需要多么精致的厨房；一个能放得下我们现在的双人床的宽敞卧室；为了让她能把工作安心带到家里，需要一个隔音好的房间；再给我自己设计一个相似的房间；考虑到将来可能会有孩子，需要一个儿童房；如果没有，那就当成置物间好了；这样一来，起居室用不着太宽敞，稍微小点儿也没关系。

"这是什么？"

社长回到公司，与我说完工作的事情之后，看着我桌上电脑屏幕里的结构图问。

　　"啊，这不是工作。是我为自己想要的家画的设计图，只是画着玩儿。"

　　"你的家啊，"社长嘟囔着，"哦，是你的家啊。"他又重复了一遍。

　　"不是真要盖的。"我笑着说，"我可没那么多钱。"

　　"嗯，虽说是这样，不过……"社长知道我的工资，他说完收起了笑容，再次盯着设计图，"不是，这个……"

　　"怎么了？"

　　"不是，这个是家？"

　　"什么？"

　　"看起来更像共用水槽的单间公寓。"

　　我重新审视设计图，如果把我和她从中除去，看上去确实如他所说。或许我冷漠地想到离婚就是从那时开始的。如果自己最骄傲的专业能力反而促使我们更快离婚，可真是太讽刺了。她是从什么时候、在何种契机下开始考虑离婚的？我不知道。

　　"在哪一带？"

　　听了她的话，我抬起头来。

　　"什么？"

"你的新家。"

"啊，我想找公司附近的便宜单间，考虑到我的实际问题，"我笑着说，"我的工资能租到的房间是有限的。"

我没有妄自菲薄，更没有讽刺她工资高，可实际上我的话听起来很古怪。我们沉默了。这时钢琴曲结束了，似乎是最后一首。钢琴家站起来，轻轻地向客席点头致意。音乐的结束才让人意识到了乐声一直存在，几组客人停下了用餐的手，轻轻为她鼓掌。我们放下刀叉，效仿其他客人为她鼓掌。

"我想从公司……"钢琴家离开后，她伸手去拿酒杯，用平淡的语气说："……辞职。"

"为什么？"我大吃一惊，反问她，"出什么事了？"

"没什么。"她说。

我问了一个愚蠢的问题。就算发生了什么，她也不会告诉我的。

"之前就有几家公司试图邀请我，所以我想换份工作，可能也想换个环境。如果要换工作，我觉得这是最后的机会了。"

她又拿起来刀叉去处理剩下的菲力牛排。

和男人不同，女人离婚的事可能会在公司流传，也可能是离婚让她感到疲惫……总之，无论如何她都不会告诉我的。

"是吗？"我只能这样说，"你去哪儿都没问题的！"

"我知道。"她笑了。

她心里究竟隐藏了些什么？

我只能回她以微笑，在心中揣摩。

下次如果结婚，不要选择像我这样神经大条的愚笨家伙，选一个聪明伶俐的人吧！一个能把你心中所想毫无保留地疏导出来的男人。

"加油啊！"我说。

"嗯，谢谢。"

吃完主菜后，我得到她的允许起身去洗手间。不是为了解决生理需求。虽然不是我的本意，喝酒的速度似乎比平日快了些，比预想中更多地晃动了酒杯。我不想就这样醉醺醺地与她分手，于是去洗手间洗了把脸，又用手帕擦干净。

待我从洗手间里出来，看见桌上已经摆好了甜点和咖啡。她手里拿着咖啡杯，怔怔地望着虚空。

看到她，我突然想起了我们婚前的一件事。我只见过一次她工作时的样子，那是在某酒店大厅里举办的住宅产业研讨会，我代表突然有急事无法出席的上司参加。研讨会结束后，我路过前台，看见她正在附近的咖啡角里。那时的她还是新人，端正地坐在一个貌似上司的年长男人身边，认真倾听上司和对面客户的谈话，并积极地记录下来。她看起来像有能力、备受期待的年轻员工，我突然涌起了一股想要捉弄她的心情。我走进咖啡角，坐在她一抬头就能看见的地方。她看见我会有什么样的反应呢？可能会暗吃一惊，可能会小小地慌张一番，然后被上司问怎么了，她一边回答着没什么蒙混过关，一边暗中观察我，她绝对不会说："我的男朋友就坐在那边。"我点了杯咖啡，想象着这番情形，独自窃喜地窥探她。然而，她没有注意到我。她抬起头来看了几次，却没有注意到我。我看着她，产生了一种错觉，似乎她是陌生人。像她那么活泼聪明美丽的女人怎么可能会是我的恋人？我渐渐地信以为真，于是匆忙喝光咖啡，走出了咖啡角。如果再继续看下去，恐怕这种错觉会取代现实。

那之后不久，我就向她求婚了。我很焦急，比初次告白的时候还笨拙。起初我以为她会拒绝，因为就算被拒绝也是理所当然的事。可她却轻轻地点了点头，靠近我，紧紧地拥抱我。现在回想起来，那时候她是不是已经做出了错误的选择？无论我们在一起的五年是以何种形式度过的，最后还不是以这种方式结束……我隐约地感知到了这一点，却仍然没有停下来，而是以结婚这种方式继续束缚着她。

如今独自坐在桌边、怔怔望着虚空的女人身上已经完全不见了当初的活泼，在和我共度的五年里她究竟被磨去了什么，又被消耗了什么？

"抱歉。"我说着，返回座位。

"没有。"她摇了摇头。

我们吃着甜点，大概已经想不到要说的话题了。她说了一会儿无关痛痒的话，诸如今天在上班的电车车厢里站在她身边的女人的美甲；昨天买了一本以前看过却忘记了的小说；以前的同学上周发邮件通知她换工作的事……

我附和着她平淡的叙事，其间有几组客人吃完离开，没有客人走进来。当我们的对话暂时告一段落，发现餐厅里只剩下我们和另一组客人了。我们面前小盘里的甜点早就吃光，杯里的咖啡也见了底。

我和她共处的时间不剩几分钟了，还有没有忘记说的话？

我依依不舍地握着空荡荡的咖啡杯，在心中思索，似乎没有必须要说的话，又似乎全都忘记说了。她把手放在膝盖上，盯着我们之间闪烁的烛光，似乎在等我开口。她在心里都整理好了吗？倘若如此，那我也不能在这里磨蹭了。

"那，时间差不多了。"我说。

刹那间，她眼神低垂，之后抬起头来慢慢地回看我，点了点头。

用信用卡结了账，我们起身离去。白发男侍在门口目送着我们，我为她打开门。

"谢谢。"她轻笑着，从我的身边走过。

一瞬间，不知是哪种激情击中了我。当她从我身边走过的一瞬，一股极具压倒性力量的东西穿透了我的身体。我甚至感到一阵眩晕，不禁闭上了眼睛。眩晕让我想起了某天早上的事。

那天，她第一次在我的房间里过夜，那是我们一起迎来的第一个早上。

清晨微弱的阳光透过窗帘的缝隙照进了狭窄的房间里。

"记忆？"二十岁的我问她。

"是的。"二十岁的她点了点头，"掌管嗅觉的是大脑的旧皮质层，旧皮质层两侧的海马体负责记忆。"

"所以呢？"

"所以，"她笑着说，"嗅觉是五感中与记忆的关系最近的。"

"嗯？所以呢？"

"所以，这就是我今天喷了香水的缘故。以后你只要闻到这香味，就会想起今天。它在你的心中不会变成语言，而是会让你想起最纯洁的情感。"

在天空还未被染色的清晨的白光里，她身上裹着薄薄的床单，笑着对我说。她的微笑在我看来就像一个奇迹，过去一个个渺小的奇迹全都在此刻连在了一起。

"我不是一个直爽的人。"她说着，就把床单盖在了眼睛下面，"如果我们吵架了，我可能不会道歉，也许会发生很多次。到那时，我就会喷上这香水，你闻到香味，就会想起今天。想起今天，就会知道我在心里拼命向你道歉。抱歉，抱歉，抱歉，抱歉……"

"真是任性啊。"二十岁的我笑道。

"你不知道吗？"二十岁的她也笑了，"女生就是任性哦。"

可后来的她没怎么喷过那香水。

过去的情景消散，剩下的黑暗中浮现出了她的身影。她靠近白色的花，在那香气中寻找什么呢？

"月亮出来了，圆圆的月亮。"

我听到她的声音，睁开了眼。她回头看我，皱着眉，向站在那里一动不动的我投来关心的目光。

"怎么……了？"

"没事。"

我也抬头看天空，大楼上方的夜空中挂着一枚近乎完美的圆月。

"我都做了些什么？"我在心里问自己。我们共处的五年里，甚至更久，我都做了些什么？

"那个，再待一会儿……"

当我不再看天时，她垂下了脸，将一颗我看不见的石头踢了出去。

"再一起走一会儿吗？"

逝去的时间不复返，因此不要为此懊悔。在我还不知道的未来的时间里，会不会有奇迹发生？

我再次抬头，眺望夜空，完美的圆月也在低头看我。那是一枚奇迹般完美的圆月。

我对着她点了点头，说："好啊。"

我们并肩向前走去。

图书在版编目（CIP）数据

透明色北极熊 / (日) 伊坂幸太郎等著 ; 连子心译
. -- 南京 : 江苏凤凰文艺出版社, 2021.3
ISBN 978-7-5594-5248-1

Ⅰ. ①透… Ⅱ. ①伊… ②连… Ⅲ. ①短篇小说 – 小
说集 – 日本 – 现代 Ⅳ. ①I313.45

中国版本图书馆CIP数据核字(2020)第190938号

著作权合同登记号：10-2021-2

Original Japanese title: I LOVE YOU
Copyright © 2005 Kotaro Isaka, Ira Ishida, Takuji Ichikawa, Eiichi Nakata, Ko
Nakamura, Takayoshi Honda
Original Japanese edition published by Shodensha Publishing Co., Ltd.
Simplified Chinese translation rights arranged with Shodensha Publishing Co., Ltd.
through The English Agency (Japan) Ltd. and Shanghai To-Asia Culture Co., Ltd.

透明色北极熊

[日] 伊坂幸太郎　石田衣良　市川拓司　中田永一　中村航　本多孝好　著
连子心　译

责任编辑	李龙姣
策划编辑	张莹莹
装帧设计	尚燕平
出版发行	江苏凤凰文艺出版社
	南京市中央路 165 号，邮编：210009
网　址	http://www.jswenyi.com
印　刷	北京盛通印刷股份有限公司
开　本	880 毫米 ×1230 毫米　1/32
印　张	7.5
字　数	136 千字
版　次	2021 年 3 月第 1 版
印　次	2021 年 3 月第 1 次印刷
书　号	ISBN 978-7-5594-5248-1
定　价	49.80 元

江苏凤凰文艺版图书凡印刷、装订错误，可向出版社调换，联系电话025-83280257